SOY UNA TONTA POR QUERERTE

colección andanzas

CAMILA SOSA VILLADA
SOY UNA TONTA POR QUERERTE

TUSQUETS
EDITORES

Obra editada en colaboración con Grupo Planeta – Argentina

© 2022, Camila Sosa Villada
Edición: Liliana Viola

© Ilustración de tapa "Darkness with in", Neea Kuurne

© 2022, Tusquets Editores S.A. – Buenos Aires, Argentina

Derechos reservados

© 2022, Editorial Planeta Mexicana, S.A. de C.V.
Bajo el sello editorial TUSQUETS M.R.
Avenida Presidente Masarik núm. 111,
Piso 2, Polanco V Sección, Miguel Hidalgo
C.P. 11560, Ciudad de México
www.planetadelibros.com.mx

Primera edición impresa en Argentina: marzo de 2022
ISBN: 978-987-670-671-1

Primera edición impresa en México: marzo de 2022
ISBN: 978-607-07-8512-2

Impreso en los talleres de Impregráfica Digital, S.A. de C.V.
Av. Coyoacán 100-D, Valle Norte, Benito Juárez
Ciudad De Mexico, C.P. 03103
Impreso y hecho en México – *Printed and made in Mexico*

Gracias, Difunta Correa

A finales de noviembre del año 2008, Don Sosa y La Grace viajaron al santuario de la Difunta Correa en Vallecito, a menos de cien kilómetros de la ciudad de San Juan. Todavía no había amanecido cuando La Grace puso en la canasta de mimbre el termo con agua caliente y el equipo de mate, los scones que había horneado el día anterior para comer durante el viaje, los sánguches de milanesa, la conservadora de frío con gaseosa y unas latas de cerveza para Don Sosa, y, dentro de su cartera, una medalla de plata que me habían dado en la escuela por ser buen alumno.

Don Sosa se ponía nervioso cuando tenía que manejar tantos kilómetros. Toda la semana había estado dentro de su auto revisando que la maquinaria funcionara a la perfección, descuartizándola, haciéndole trasplantes y reemplazando viejas mangueras por nuevas, para no tener problemas en la ruta y no pagar las consabidas coimas que la policía caminera de las provincias cuyanas exige a los turistas. La Grace solía hacerle escenas que podían terminar en discusiones bravísimas por el modo en que Don Sosa percudía la ropa con ese berretín. Los pantalones llenos de grasa, las camisas de salir con lamparones negros. No importaba qué tenía puesto: si su auto precisaba ser abierto y revisado, él se arremangaba y jugaba al mecánico. «Total la que lava es la sonsa», decía La Grace.

Partieron desde Mina Clavero. Atravesaron el Valle de Traslasierra escuchando folclore, tomando mate, haciéndose bromas el uno al otro como un matrimonio acostumbrado a salir de viaje, un matrimonio que disfruta de viajar. Se les hizo costumbre desde que me vine a estudiar a Córdoba y ellos volvieron a estar juntos después de una separación de más de un año. El destino era nuevo, eso sí, nunca habían ido al santuario de la Difunta Correa.

El calor de Villa Dolores los puso de mal humor y ya cuando el sol comenzó a trepar en el cielo, llegando a La Rioja, se desconocieron por cositas de nada, chucherías de discusiones que siempre tuvieron.

Don Sosa manejaba muy bien. Y era un gran puteador en las rutas. Cada vez que algún automovilista cometía una infracción, lo insultaba de arriba abajo, recordando a sus madres, a sus abuelas y a sus hermanas. A veces también les deseaba la muerte y La Grace lo retaba como a una criatura.

—¿Cómo vas a ir puteando así en la ruta? ¿No te cansás de putear?

Si aparecía alguna hornacina para recordar algún choque con muertos a la orilla del camino, o la estatua de algún santo, entonces Don Sosa se santiguaba y encomendaba.

—Curita Brochero, acompáñanos en el viaje. Amén. Gauchito Gil, cuida de nuestro viaje. Virgencita del Valle, a ti me encomiendo.

La Grace no soportaba la cursilería chupacirios de su esposo. Era una mujer herida por la Iglesia católica. Una vez asistió a misa, el primer día que oficié como monaguillo y sostuve las hostias para que el padre Pedernera diera la comunión a los feligreses. Se había confesado y estaba un poco nerviosa de ver al nene ayudando al sacerdote detrás del altar. Al momento de recibir el cuerpo de Cristo y beber su sangre, desde los dos o tres escalones más arriba donde se encontraban el cura y su mismísimo hijo maricón que debutaba como monaguillo, en vez de hostia y traguito de vino, recibió una mano peluda que la apartó de la fila. Y la voz del cura:

—Vos no podés comulgar.

—¿Por qué? —preguntó La Grace con un brillo aguachento en sus ojos enormes.

—Porque estás viviendo en concubinato. Eso es pecado.

La Grace se retiró en silencio y se fumó un cigarrillo tras otro en las escaleras de la entrada de la iglesia del Perpetuo Socorro de Mina Clavero hasta que terminó la misa y salí. Mientras bajábamos la cuesta llevando nuestras bicicletas junto a nosotras, La Grace, conservando el mismo brillo doloroso con que indagó sobre su exilio, me dijo:

—No vuelvo más.

Y nunca más volvió a una misa y poco a poco fue tomándoles bronca a los asuntos católicos. Conservaba la fe que le había heredado su abuela por la Virgen del Valle, pero se apartó para siempre de las creencias que hasta entonces habían orientado su vida.

No sé muy bien cómo, muchos años después, llegó a ellos el rumor de la Difunta Correa. Tal vez el viento zonda sopló a otro viento que llegó a los oídos de mis padres y les cuchicheó sobre el gran poder de Deolinda. Lo habrán advertido como un asunto pagano, de alguna manera algo liberado de las cadenas del catolicismo. Y un día fueron a verla.

Deolinda Correa es una santa popular que una noche, antes de obrar milagros, acosada por un matón y borracho del pueblo, tuvo que huir con su hijo de pocos meses en brazos. Cruzó el desierto saliendo desde Angaco con intención de llegar a La Rioja, donde su marido había sido llevado por una montonera durante la guerra civil. Si apenas pudo llevar dos gotas de agua fue mucho. Solo su terror y su bebé. La desesperación pudo más que la previsión y de pronto se encontró corriendo en alpargatas por el desierto en medio de una noche tan clara que se podía ver bajo la tierra. Es traicionero el desierto. Y una vez que se te acaba el agua y vas a pie bajo el sol que te odia y estás perdida y alguien en tu pecho llora y te arrepentís de haber huido del hijo de puta que te persiguió hasta obligarte a escapar como una rata, lo único que resta es rendirte. Putear al pelotudo de tu marido y decir hasta aquí. Guarecerte bajo el desamparo y dejar que el cansancio y la sed hagan lo suyo. Sujetando a tu hijo contra el pecho. Delirando y dando tus últimos suspiros en las explosiones de luz sobre el polvo ardiente.

Sobre el cuerpo sin vida de Deolinda revoloteaban unos pájaros carroñeros, negros y aciagos. A lo lejos, unos pastores vieron la ronda de muerte y pensaron que alguna chiva, que algún cordero la había quedado en el desierto, y fueron hasta la zona donde acechaban los jotes. Pero no se encontraron con ningún animal. Encontraron a Deolinda Correa muerta y a su bebé prendido del pecho, amamantándose, ignorando la fatalidad que lo cercaba.

El primer milagro.

Desde entonces, la figura de la Difunta Correa cobró una dimensión de santidad que se le escapó a la Iglesia católica, y se fueron asentando las piedras de lo que sería un santuario muy popular en el que la gente humilde deja las ofrendas de su fe. Maquetas de casas, vestidos de novias, ramos de flores de plástico, placas de plata y de bronce, relojes, colgantes, cruces, fotografías, botellas con agua.

¿Qué fueron a hacer Don Sosa y La Grace a ese lugar, después de atravesar un desierto completo en un descascarado Renault 18, casi a finales del 2008? Fueron a pedir que su hija travesti encontrara un mejor trabajo. ¿En qué trabajaba su hija travesti? Era prostituta, por supuesto. Se había ido a estudiar a Córdoba Comunicación Social y Teatro, pero había terminado de puta. Ellos no lo sabían, pero en el invierno de ese año, dos clientes habían desmayado a su hija asfixiándola y le habían robado todas las posesiones de su pobreza: un televisor antiguo que había perdido el color, un DVD prestado, un equipo de música y el cargador de su celular. También los cuarenta pesos que tenía en la cartera. La habían atado con su propia ropa mientras se encontraba desmayada y, amenazada con un cuchillo Tramontina, la habían cogido ambos ladrones, sin violencia, pero durante toda una larga noche. Al amanecer los pasó a buscar un taxista amigo y ella quedó maniatada y humillada en su cuarto de pensión.

Don Sosa y La Grace ni siquiera imaginaban los cócteles con que su hija llamaba al sueño y la indolencia, ni la eterna aridez en que transcurrían sus días, sus días en el desierto. Dicen por ahí que las madres saben todo. Pero La Grace no estaba preparada para saber nada. En su corazón de ama de casa solo quedaba lugar para la sospecha de que su hija no estaba bien, que tal vez andaba en cosas raras, pero no quería decir la palabra prostitución y se negaba a pensar más allá. Don Sosa tenía el corazón menos negador. Por eso andaba tan enojado con su hija.

Cuenta La Grace que el día que fueron al santuario de la Difunta Correa lloró apenas vio al primer penitente subir la cuesta de rodillas y con los ojos bañados en lágrimas. Se imaginó las promesas hechas, para una casa, para que saliera bien una cirugía, por un trabajo soñado, por la vuelta de un gran amor, y se emocionó. Habían llorado juntos con Don Sosa, porque la impotencia los dejaba en el medio del desierto, pidiéndole a una santa que hiciera el trabajo que ellos no habían podido hacer.

Después de comer, Don Sosa y La Grace subieron la loma, hasta el altar donde una imagen de la Difunta Correa descansa rodeada de vestidos de novia que los promesantes van dejando como pago por el milagro cumplido. Llevaban botellas de plástico llenas de agua y una medallita que su hija travesti se había ganado en el secundario. Que consiga un buen trabajo, Difuntita

Correa, que deje lo malo que esté haciendo ahora y que su vida cambie.

Afuera, el viento zonda se enroscó en sí mismo, se lanzó luego a recorrer por encima los mismos desiertos que habían secado a Deolinda en su huida y llegó hasta Córdoba Capital.

Tres meses después, la hija travesti de Don Sosa y La Grace, o sea yo —en la escritura es inútil disfrazar una primera persona porque los escritos comienzan a enfermarse a los tres o cuatro párrafos—, estrenaba *Carnes Tolendas*. Porque además de gustarme ser puta, me gustaba el teatro.

María, que era una de mis mejores amigas, me invitó a participar de su tesis para recibirse como licenciada en Teatro. Debía montar una obra y darle un marco teórico. Pedimos asesoramiento a Paco Giménez, que fue nuestro profesor de actuación en tercer año de la Escuela de Teatro de la Universidad, y comenzamos a preparar esa brujería que fue *Carnes Tolendas*. Le pusimos un subtítulo irónico: *Retrato escénico de un travesti*. Pero nuestra ironía no se entendió. En la obra contaba cómo mis padres y el pueblo habían tomado mi decisión de ser travesti. Por sugerencia de Paco Giménez, cruzamos ese perfil biográfico con algunos personajes de las obras de Federico García Lorca.

Casi un año y medio nos llevó poner en pie aquel monstruo. A veces María pasaba por la pensión para llevarme al ensayo y me encontraba peor que un cristo, habiendo pasado una mala noche, con los ojos apelotonados de rímel, con rastros de saliva ajena por todo el cuerpo, muerta de hambre. Comprábamos algo para comer en el teatro y, apenas tomaba cuerpo, entretejíamos escenas de mi adolescencia con textos de García Lorca.

—Una travesti sabe de la soledad, como doña Rosita la soltera. Una travesti sabe de autoritarismo y falta de libertad, como en *La casa de Bernarda Alba*. ¿Y no hay acaso travestis que añoran ser madres, como Yerma? ¿Y no viven pasiones desesperadas, como los amantes de *Bodas de sangre*? Las travestis que han sido fusiladas o asesinadas como Federico García Lorca —decía Paco, y nosotras nos rompíamos la pensadora con tal de hacerlo bien, de hacer una obra de teatro que estuviera bien.

Una vez, en un ensayo, me dijo:

—Yo sé cómo es tu alma. Tu alma es tenue.

Carnes Tolendas duraba aproximadamente cincuenta minutos y concluía con un desnudo frontal mío de cara a un público que no podía creer estar viendo a una travesti hacer eso. María se recibió de licenciada en Teatro con dieces y puros elogios. La obra nos había costado muy poco dinero. Los vestuarios los había cosido yo, usábamos pocos objetos, unos bigotes, unas flores de plástico y una corona de novia. Teníamos pensado hacer ocho funciones, durante dos meses. Una función por fin de semana.

A la primera función vinieron amigos, parientes, compañeros de la facultad. Habrán sido unas treinta personas. A la segunda función fueron cincuenta espectadores. A la tercera fueron ochenta, y para la cuarta función la gente se volvía a su casa porque ya no había lugar para sentarse.

El primer sábado de marzo del año 2009 debutamos con *Carnes Tolendas*. A tres meses de la promesa de mis padres a la Difunta Correa. Las críticas no podían ser mejores. Me hacían entrevistas en la televisión y los diarios. La obra viajaba de boca en boca y gente que nunca había ido a un teatro llegó a ver de qué se trataba el rumor. El público se agolpaba en la puerta de cada teatro donde nos presentábamos. Comencé a sospechar que con ser actriz me alcanzaba, que estaba cansada de yirar y que la vida me había dado claras señales de que me faltaba inteligencia para sobrevivir como prostituta. Tal vez iba siendo hora de seguir la suerte. Con lo que ganaba por función pagué todos los meses de alquiler que debía en la pensión donde vivía y compré lo que me habían robado esos dos hijos de puta el año anterior. Nunca imaginé que La Grace y Don Sosa habían hecho una promesa a la Difunta Correa para mí. Y, por lo visto, funcionó, porque como Mamma Roma dije «Addio, bambole» y me fui de la prostitución meneando el culo a vivir del borderó y no del bolsillo de un cliente.

¿Era lo que necesitaba? ¿Fue un milagro de la Difunta? ¿Era mejor ser actriz que prostituta? No lo sé. Pienso que no tenía talento para hacer dinero con mi culo. Era crédula y pajuerana, me costó afilar el olfato, no tenía tetas, era lo que se dice un desastre de puta. Y era melancólica y sufría porque era joven y era carne para la desesperación. Tal vez ahora sería distinto. Tal vez ahora podría hacerlo mejor. Pero en esos años, cuando se cumplió el milagro, solo había desazón. A veces, cuando quiero ser cruel conmigo y con Don Sosa y La Grace, me digo que un llamadito por teléfono hubiera estado bien. Pero ellos fueron a la Difunta Correa y el desastre que era mi vida se ordenó en camarines y escenarios, viajando por el país como una compañía del siglo XX, llevando la novedad del teatro mediterráneo a rincones inesperados como Itá Ibaté o la cárcel de Bouwer.

Al poco tiempo, fuimos con La Grace y Don Sosa a agradecerle a la Difunta por ese cambio de página. Antes de meternos en el Renault 18 de mi papá, nos hicimos la promesa de tratarnos bien durante el viaje. Como familia, nos afectaba muchísimo compartir espacios cerrados. Y la cumplimos.

—Mirá ese desierto, hija. Cómo no se va a morir de sed la pobre Difunta —dijo La Grace mientras me pasaba un mate.

—Y el frío que hace a la noche —agregó Don Sosa.

En el santuario, me conmoví con los promesantes al igual que mi mamá en su primera visita. Con el modo de pagar con el cuerpo asuntos del espíritu. Al final, todo muy místico y muy santo, pero siempre trabaja la carne. También me llamó la atención lo tremendamente sexi que es la imagen de yeso de la Difunta Correa. Al verla, pensé que la Coca Sarli la hubiera interpretado inolvidablemente en el cine.

—¡Qué sexi que es la Difunta! —le dije al oído a La Grace. Nos agarró un ataque de risa y Don Sosa nos hizo salir del lugar. Al mirarlo nos dimos cuenta de que había estado llorando.

La Grace vio *Carnes Tolendas* muchas veces. Don Sosa solo una, a cuatro años de su estreno. La vio en Catamarca. Coincidió una gira de la obra con un viaje a la Difunta Correa que ellos ahora hacían todos

16

los años. Al terminar, La Grace vino al camarín muy preocupada:

—A tu padre le salió sangre de la nariz toda la función. Fue al baño a sacarse la camisa porque le quedó bañada en sangre. Para mí se puso nervioso. —La voz se le quebró—. Es fuerte la obra para nosotros.

Lo dijo como excusándose frente a la compañía.

Por mi parte, no tenía voz. Nunca me había pasado. No sé si fue la gira que me tenía muy cansada o los nervios por actuar delante de mi papá, pero nomás al arrancar, ya tuve que pedir un micrófono, porque no se me oía. Esa noche los duendes bailaban a nuestro alrededor con ferocidad, mordiendo los telones.

Al rato y tímidamente, mientras terminaba de vestirme y de guardar los objetos en las valijas, apareció ese viejo malo que me había tocado por padre. Venía con toda su vergüenza a cuestas. Había sangrado durante toda la obra, en silencio, recibiendo esos cachetazos lorquianos. Nunca nadie le había hablado así sin ligarse una trompada. Pero su hija travesti y prostituta, la razón de su promesa a la Difunta, le estaba contando su versión del milagro.

¿Qué fue del hijo de la Difunta Correa? Se lo encontraron las travestis del Parque Sarmiento.

No te quedes mucho rato en el guadal

Martincito tiene las piernas colgando del barranco. Está con su nuevo perro, un choquito color té con leche. Pierde el tiempo, que es justo lo que a su padre más le encula que haga. Pero a él le encanta la tarde, le gustaría que la tarde durara más para quedarse ahí perdiendo el tiempo al final del pueblo. El barranco está cerca de su casa. Es corta la distancia para regresar y ponerse a trabajar en las tareas que su papá, antes de irse a la obra, le deja por escrito en un papel pegado a la heladera con un imán. Se demora lo justo para que en casa nadie se haga la pregunta: ¿dónde se habrá metido este pendejo de mierda?

Este día la soledad de la que tanto disfruta se ha roto. Tiene en sus manos una mascota nueva, un amigo. Debe ser cortés con él y ofrecerle lo que cree hermoso. El barranco cerca de su casa, resto de una cantera abandonada, la tarde caliente y el concierto de las chicharras. Martín es parte de esos paisajes. Los conoce como si fueran carne propia y no se deja engañar por la coquetería de la naturaleza: sabe que detrás de cualquier arbusto en flor puede haber una cascabel o un bravo alacrán. Anda como dueño y señor por esos lares, pero siempre desconfiando del paisaje, como le enseñó su padre.

No le ha sido difícil elegir el nombre de su perro. Lo llamó Don José como el portero de su escuela, un señor al que quería mucho porque lo trataba bien y lo defendía si pescaba en el recreo a algún grandulón queriendo meterle miedo. Supo el nombre del perro el día que su papá les dio la noticia:

—La mami se ha ido, se llevó las cosas de ella y nos dejó.

Él y su hermana —tan parecida a su mamá— se quedaron sin saber qué decir.

—Así que para que no se pongan tristes, elijan algo que les guste y que no sea muy caro, y se los traigo cuando vaya al pueblo.

Los hermanitos guardaron silencio.

—¿Qué quieren?

Y Martincito, más presto que corriendo, se imaginó a sí mismo con el pelo largo y un vestido que su mamá había olvidado en la huida, al trote por el guadal con un perrito que lo seguía con la lengua afuera.

—Un perrito quiero. Un perrito para ponerle Don José.

—Ya vamos a ver —evadió el padre.

Y ahora, antes de llevarlo a su casa, se da cuenta de que finalmente tiene un perro como el del calendario de la heladería del pueblo. Un cuzquito que parece sonreír mientras una niña rubia y feliz lo abraza en un parque tan verde que duele nomás de verlo. A Martincito le gustaba ir a la heladería, más que por los helados, para quedarse horas sentado mirando la imagen de su anhelo, como hemos hecho todos alguna vez. Y ahí está, sentado en el barranco siendo su propio anhelo, algo así como una melancolía de sí mismo. Don José duerme sobre su falda, es cachorro todavía, y moja de transpiración las piernas del niño. Piensa que una vida tan pequeña como la de su perro, si fuera arrojada desde allí al abismo del barranco, estallaría como el sapo que su hermana, hace unos años, aplastó con la maza de su padre. Su hermana no es mala, pero hizo eso porque quería ver cómo era por dentro. El padre decía que los sapos atropellados eran como granadas aplastadas en el asfalto, y aunque ella nunca había visto una granada, el padre les había dicho que era la única fruta en el mundo llena de piedras preciosas. Eso debió de darle curiosidad, porque su hermana no era capaz de hacerle daño a un animal, al contrario. Si se desvivía en la casa por las gallinas, las cabras y el caballo de su papá.

La tarde es como un eclipse. Si se mira al poniente, queda en la vista una mancha blanca que persigue todo lo que aparece después. Mires donde mires. De un lado ya se puede oler la noche y del otro la luz es intensa y anaranjada.

Los niños merecen una soledad así a veces, un silencio materno, un silencio paterno que les permita codearse con sus pensamientos, mirando una tarde como esta, junto a su perro que de a ratos resopla marcando el tiempo. Martincito se sobresalta con el grito de los pájaros, como si hubiera estado durmiendo con los ojos abiertos.

Don José es pequeño, tiene unos dos meses, y Martincito lo conoció a los pocos días de haber nacido, en la casa de doña Rita, su vecina.

—¿Viste qué bonitos?

—Sí. ¿Y la madre?

—Ahí anda, pobrecita, quedó agotada. Toda la tarde estuvo pariendo. Yo no hallaba cómo ayudarla. Ahora está descansando. —Y añadió—: ¿Te gusta alguno?

Martín miró otra vez dentro de la caja y lo vio. Era un cachorro que, de las cruzas de razas que lo auspiciaban, había sacado unas orejas largas que le caían sobre los ojos como orejeras de un gorro y un hocico ancho con la nariz como de caucho. La vecina, que vivía a más de un kilómetro de distancia, le mostró los perritos dentro de una caja que había rellenado con una colcha a cuadros.

—Ese —dijo Martín. Los perritos gemían dentro de la caja. Doña Rita miraba con la misma piedad al niño. Sacó al cachorro de la caja y se lo puso entre las manos.

—Si lo querés, es tuyo.

—No va a querer mi papá —respondió el niño.

—Dejámelo a mí a ese sonso.

La parturienta gruñó y lanzó un ladrido al aire para que Martincito dejara al cachorro en la caja. Era una perra vieja y pesada, no inspiraba ninguna piedad y no daba culpa sacarle uno de sus hijos.

La vecina doña Rita sentía mucho cariño por el niño y le daba un poco de pena que su madre se hubiera ido así, como se fue, en la mitad de la noche, pero también era cierto que Ricardo Camacho, el padre, era un amargado maltratador y tarde o temprano algo irreversible tenía que pasar. Viuda y ya casi tocando los setenta, doña Rita había sido la única que miraba el deterioro del matrimonio de los padres de Martín desde una distancia prudente. Podía intervenir o guardar silencio, según lo demandaran las circunstancias, que habían sido fieras en muchas ocasiones. Asuntos de dolor y golpes y persecuciones en el monte con el machete en la mano. Para doña Rita, el hecho de ser parte, por la confianza que la mamá de Martín le había tenido, la hacía permanecer atenta a lo que pudiera pasar en la casa de Ricardo Camacho. Vivía de la pensión de su marido, que había sido juez de paz del departamento de San Javier y algo así como un padre para la mamá de Martincito. Cuando el niño volvía del colegio, le hacía las compras y le llevaba las bolsas con una responsabilidad y una fuerza inusitadas para su edad. Charlaba como un grande y hacía preguntas que la ponían a pensar.

—Hoy en la escuela unos chicos empezaron a reírse cuando la maestra dijo «homosexual» y los terminaron sacando del aula... ¿Qué es un homosexual? —le preguntó un día tomando su merienda como invitado de honor.

Doña Rita se quedó con la boca abierta.

—Es cuando una chica, en vez de gustar de un chico, gusta de otra chica. O al revés. Cuando un chico, en vez de gustar de una chica, se pone a gustar de un chico.

—¿Y eso está mal o está bien?

—Mal está que una vieja como yo esté contestándote estas cosas.

—Pero ¿y eso está mal o está bien?

—A mí se me hace que no hay nada de malo en eso. La gente, según con el ojo que lo vea, lo hace pasar como una cosa buena o mala... o se asusta, o ni fu ni fa. Y ahora terminá esa chocolatada antes de que se enfríe.

Como lo prometido es deuda, se acercó al poco tiempo a la casa de Martincito para hablar con su papá y decirle que tenía ese cachorro en su casa, y que si quería se lo regalaba como presente de cumpleaños al nene, siempre y cuando él lo aprobara.

—Es ideal este momento. La madre ya le puso límite sacándole la teta. Va a ser perro que aprende fácil.

—¿Perro grande? —preguntó Ricardo Camacho inflando el pecho bajo la camisa ceñida y mojada de transpiración. Se asomó una carne dura y velluda de chongo montarás que a las muchachas del pueblo arrancaba suspiros, pero que a doña Rita le causó más bien pena. ¡Con ella! ¡Que podía ser su abuela y se las sabía lungas! Hizo la vista gorda y siguió.

—La madre es grandota, pero vaya a saber qué perro la ha servido. Me parece que no va a crecer más que esto —dijo la vecina, poniendo la palma de la mano paralela al piso, a la altura de su rodilla. Así, medio ladeada para un costado, parecía más vieja de lo que era.

—No sé, los perros chicos hacen mucho quilombo. Me lo distraen al muchacho.

—Pero Martincito es tan buen alumno. Lee de corrido como un grande, ¡a los siete años! Le vendría bien tener un amigo.

—No le diga Martincito.

—¿Por?

—Porque lo infantiliza. Se tiene que hacer hombre. Le habla como si fuera una criatura y el maricón no me habla como hombre.

—Oh, perdoname. Es chico y ha pasado un momento feo. Le vendría bien alguien que lo quiera, que le haga compañía —le retrucó.

Ricardo Camacho clavó la pala en la tierra, como marcando un límite. Parecía que en la tierra se dibujaba toda la distancia que él había querido ponerle desde un comienzo a esa vieja metiche y no estaba pudiendo.

—¿El muchacho le dijo que hable conmigo?

—No. Se me ocurrió a mí. Lo quiero mucho y me parece muy buen chico.

—¿Segura? —inquirió Ricardo, achicando lo blanco de los ojos, ofreciéndole el comienzo de su perfil, para que quedara clara su desconfianza.

—Soy una mujer grande, Camacho… no te voy a mentir a vos.

Desde la casa, mientras merendaba, Martincito miraba toda la escena a través de las cortinas de la puerta, largas tiras de plástico transparente como las que hay en las carnicerías. Su hermana de once años, Irupé, estaba meta zurcirles un elástico a las bombachas.

—¿Le dijiste vos que venga a hablar con el pa? —preguntó Irupé casi en susurros.

El niño negó con la cabeza. Cuando volvió a mirar hacia el patio, se había perdido el final de la conversación y ya la vecina se iba por donde había venido. El padre volvió apoyando la pala en el vano de la puerta.

—¿Vos le has pedido el perro?

Negó con la cabeza baja. Irupé miró al padre, el padre miró a Irupé. Cuánto le recordaba a su esposa esa adolescente de pelo negro y largo. Era tan parecida que a veces le tenía miedo.

—No le regalaste nada para el cumpleaños. Dejalo tener el perro.

Ricardo Camacho miró a su alrededor, sus hijos mirándolo con miedo, dejados por su madre como si fueran un clavo. Suspiró y se frotó la cabeza con ambas manos sin saber qué hacer. Si castigar a su hijo por pedirle el perro a la vieja, si castigar a la hija por hablarle en ese tono como si fuera grande (cosa que se le había hecho costumbre) o si dejar que se quedara con el choco.

—Está bien, andá a buscarlo. Y cuando vuelvas tenés que cernir toda esa carretilla de arena, ¿estamos? —Y señaló una montaña de arena, más alta que Martincito. Le llevaría toda la tarde y parte de la noche cernir toda esa arena—. Y después la guardás en las bolsas, que tengo que llevarlas al dispensario mañana.

Ricardo estaba construyendo la ampliación del dispensario del pueblo.

—Sí, papá.

Apuró el último sorbo de mate cocido. Se paró y fue a abrazar a su padre, lleno de agradecimiento. Ricardo lo apartó con un movimiento seco y limpio, como el movimiento de un artefacto, el brazo de una pala mecánica.

—No lo quiero adentro, ¿estamos?

Martincito asintió.

—Y le vas a dar de comer vos, y si me molesta una vez nomás con el ladrido, se vuelve a lo de la vieja, ¿estamos?

Martincito salió corriendo a buscar su bicicleta destartalada para ir a buscar a Don José. Del apuro, al salir pedaleando, no esquivó el guadal de la entrada de la casa y la rueda de atrás coleó por el polvillo maldito y se cayó. Su padre lo estaba viendo desde la casa.

—¡Si será sonso! Cebame un mate vos —le ordenó a Irupé y se sentó en la mesa bañado en transpiración, con bronca por la taza sucia que su hijo no había lavado, con rabia por haber cedido al pedido de la vieja. Irupé puso la pava al fuego y armó el mate. Los mismos gestos que su madre. A Ricardo no le gustaba nada la amistad que tenía doña Rita con su hijo. Ya la había mal influenciado a su esposa y lo haría con él. Le prestaba libros. Qué clase de amistad era esa. El chico debería tener amiguitos de su edad para ir con la gomera a cazar pajaritos o a pescar al arroyo, no una vieja fifí que le daba el té y le regalaba perritos. Era una influencia mala tanta mujer en la vida de un chico, una tan presente porque se había ido y otra tan presente que le regalaba un perro. Un pico y una pala tendría que haberle regalado. Pero qué podía hacer él si desde que su mujer se había ido apenas tenía cabeza para poner la comida en la mesa y mandar a los chicos a la escuela. Sentía pena por ellos.

No ignoraba que, por momentos, con sus hijos era un hijo de puta.

Era cierto el asunto ese de que la niña se parecía a su mamá, Antonia Charras. El mismo color de pelo, la misma forma de la boca y los dientes, los mismos ojos. La herencia materna. Antonia Charras fue secretaria del juez de paz del pueblo durante quince años. Doña Rita, la vecina, que era la esposa del juez, la quería como si fuera suya, como si la hubiera parido. A los veintidós años Antonia conoció a Ricardo Camacho. En ese entonces él era uno de los más lindos de la zona. Tenía una Gilera negra que rugía por los caminos intransitables, por el guadal, buenas piernas de futbolista y unos brazotes alimentados a animal matado en el patio. Todo el cuerpo parecía cantar su fuerza. Ella, en cambio, era de esas chicas que no llamaban la atención de los varones. Tal vez su piel paliducha y su manera de vestirse adiscretando las formas, tal vez que era secretaria del juez y eso le daba un aura intocable. Tal vez era su pecho plano, vaya una a saber. Pero Ricardo Camacho se fijó en ella una mañana que entró al juzgado por un trámite de su moto y, al verla, Antonia Charras le gustó. Por todas estas cosas, por la discreción, por los vestidos sin forma, por el pecho plano, por ese modo de ser medio fantasmagórico. Él era joven, pero en un sentido más cierto era viejo y anticuado. Se sabía guapo y sabía que debía casarse joven, juntar su pobreza con otra pobreza y así hacer una vida medianamente tolerable en el polvoriento pasar de los días ahí en el pueblo. Ninguna en esos montes ganaba lo que ganaba la secretaria del juez de paz. Y además le gustó Antonia porque caminaba rápidamente, a trancos largos, sin contoneos. Caminaba como un hombre.

Se casaron a pesar de las advertencias del juez y de doña Rita. Quisieron ponerla sobre aviso de que ese muchacho no era la última Coca-Cola del desierto. El juez de paz le aconsejó que no se fuera a quedar embarazada, que ella podía irse a estudiar a Córdoba si quería. Entre los dos intentaron hacerla esperar un poco, que no se casara tan rápido, que viviera un noviazgo más largo y lo conociera mejor. Pero el pecho de toro y el pingo de oro pudieron más y Antonia fue de cabeza a ser tragada por ese pozo.

Los primeros meses de noviazgo fueron lindos, aunque Ricardo parecía ahorrar en charla. Como si le cobraran por cada palabra dicha. Antonia a veces quería contarle de sus planes para la casa, qué lugares le gustaría conocer, con qué nombres bautizaría a sus hijos. Pero Ricardo Camacho era duro como una piedra del río y no había manera de hablar con él. Y tampoco de abandonarlo. Ya desde la noche de bodas, ambos se dieron cuenta de que habían cometido un error y que nunca podrían remontar río arriba.

Nada más al casarse, Antonia estaba endeudada hasta el caracú con la tarjeta de crédito. Compró todo el material para que Ricardo pusiera en pie su casa en un terreno que había sido de sus padres. Ese había sido el trato: ella ponía el material y el terreno, y él, la mano de obra. Y con una pieza, una cocina y un baño, se mudaron allá donde terminaba el pueblo. Puro guadal.

Antonia se enteró tarde de que estaba embarazada. No prestaba atención a las señales de un embarazo. Aquí nada pasó, ni tuvo náuseas, ni sintió mareos. Nada. Cuando estaba llegando al tercer mes, se dio cuenta de que no le venía la comués hacía rato y fue al médico en el horario del almuerzo.

Y ahora tenía que decírselo a Ricardo y eso era lo peor de todo, porque Ricardo era insistidor con el tema de que era libre y no estaba atado a nada ni a nadie. Y se lo demostraba cada día. Se levantaba, desayunaba de parado un café en la cocina, se enjuagaba la boca y escupía en la misma bacha donde lavaban los platos. Luego salía a trabajar y no volvía hasta la noche, a veces mudo de borracho.

Le dijo que estaba embarazada y el esposo reaccionó bien, casi que se lo vio alegre.

—Ojalá sea un varón, así me ayuda a trabajar —le dijo con toda la ilusión de la que un hombre como él era capaz.

—Mientras nazca sanito, que sea lo que Dios quiera.

Y Ricardo cambió la cara y se volvió desprecio, y dijo antes de salir y pegarse la curda de su vida:

—Qué raro vos haciéndome la contra en todo...

Nació Irupé y Ricardo Camacho afianzó su agrura. Se volvió amargo para la convivencia. De treinta días que tienen algunos meses, veintiocho él estaba de malas, y si el mes tenía veintiocho días, veinte estaba en pedo. Insultando a los espíritus del viento y del agua. Y cuando se atrevió a ponerle los dedos encima a Antonia, ya no pudo parar. Le gustaba darle cachetadas, con la mano abierta, porque estaba horas de más trabajando, por celos, porque la niña lloraba o porque River se había ido al descenso.

Al cabo de cinco años de nacida Irupé, llegó Martincito. Y por un tiempo Ricardo Charras pareció amansarse. Pero la paz fue flor de un día y cuando el niño comenzó a llorar por las noches, él ya volvió a desquitarse con su mujer.

En ese tormento, Antonia Charras desmigajaba sus veintitantos. Durante años se llevó a los hijos a la oficina y el juez de paz estuvo de acuerdo. A veces caía a la casa de doña Rita, a cualquier hora, con los niños en brazos, agitada y llorando, pidiendo refugio hasta que a Ricardo se le pasara la borrachera. Fue envejeciendo al dos por uno, volviéndose doblemente vieja y cada vez más resentida, queriendo a sus hijos y a la vez culpándolos por no poder irse.

—Dejalo, andate a vivir a una ciudad. Te va a ir bien —le decía doña Rita.

Ella parecía negada. Porque era mal marido pero buen padre y no se puede tener todo en la vida. Lo que cuesta conocer a alguien que trabaje y no les pegue a los chicos.

—No lo puedo abandonar. Son sus hijos y no es malo con ellos. No les hace faltar nada, los educa bien y jamás les levantó la mano. No me los puedo llevar —se excusaba Antonia.

—Pero ¿los quiere?

—Me parece que sí.

Cuando murió el juez de paz por un cáncer doloroso y breve que se lo llevó casi sin carne, Antonia sintió que estaba verdaderamente sola en el mundo. El juez era el único que le metía miedo a Ricardo. La vez que le encontró moretones a su secretaria, ahí nomás lo buscó y lo puso en su sitio con dos o tres gritos bien pegados.

—Andate a vivir con mi mujer —le dijo en su agonía—. Agarrá a los chicos y andate a mi casa. Quedate ahí y hágansе compañía ahora que no voy a estar.

Pero para Antonia representaba el peor fracaso no poder amansar al tipo que la había vuelto mala y miedosa.

Martincito recuerda a su mamá mientras está en el barranco a solas con su perro. Piensa en lo hermosa que le parecía en comparación con las madres de los otros nenes de la escuela. En las horas que pasaba mirándola arreglarse antes de irse al juzgado. En su perfume y cómo se lo robaba a veces y se ponía un poquito en las orejas imitando sus gestos. Cuando comienza a ponerse triste, sacude la cabeza como le enseñó su papá que haga y se da cuenta de que se acerca la hora de la pregunta: ¿dónde se metió este pendejo de mierda? Pero necesita tiempo, algo así como acomodar fuerzas y reconocer tensiones, como cuando se tiene que alzar un objeto muy pesado y se le avisa a cada una de las células del cuerpo que se prepare. Por eso se fue al barranco con su perro antes de llevarlo a casa. Quería bautizarlo con su paganismo infantil, darle fuerza para resistir el rigor del bravo Ricardo Camacho, el tipo que en el pueblo volvía locas a las mujeres y levantaba de a tres bolsas de cemento en el hombro, el fenómeno de circo que era su padre. Quería ese momento previo para hacerle entender a su perro que solo debía tener paciencia. A Martín le resulta fácil. Trabaja como bestia a pesar de sus pocos años. Y entonces Ricardo siente que trajo un hijo útil al mundo. Y lo deja vivir.

Se levanta, se sacude el polvo de los pantalones, pone al perro dentro de la canastita de su bici forrada en trapos que puso para hacerle mejor el viaje y regresa a su casa. Al llegar, Ricardo está por darse un baño, así que lo mira entrar de refilón. El nene se detiene y le muestra el perro como ofreciéndoselo.

—¿Cómo se llama?

—Don José.

—Psss, ese nombre —dice y se desnuda en la puerta del baño dejando toda la ropa sucia en el suelo—. Irupé, alcanzame la toalla.

Martín se queda quieto como una piedra frente a la puerta, las manos ofreciendo a Don José a ese hombre desnudo, con el pecho, el vientre y las piernas cubiertas de un vello ensortijado. Una mezcla de vergüenza y amor le calienta las piernas. Irupé pasa junto a él con las toallas y acaricia a Don José. Golpea la puerta que se abre al apoyar sus nudillos.

—¡Pa, el toallón!

—¡Dejalo arriba de la bacha! —grita el padre desde la ducha.

Tienen un calefón eléctrico que obliga a baños veloces. Irupé entra mirando a su hermano, coloca sin ver el toallón sobre la bacha con un movimiento veloz, con precisión de ciega. Luego levanta la ropa del padre y la lleva al tacho de la ropa sucia.

—Andá a cernir la arena y a jugar con Don José así te acostás temprano —le dice Irupé a su hermanito, y el niño sale al patio y se pone a tirar una palada de arena tras otra sobre el elástico de metal de una cama cualquiera. Tiene fuerza en los brazos y habilidad para manipular la pala más pequeña del padre. Abajo cae la arena fina. Don José se queda quieto bajo sus pies, moviendo la cola de a ratos, mirándolo con esos silencios bien negros que son sus ojos. La hermana, desde la casa, continúa su labor, ahora zurciendo unas medias del padre como lo había hecho su mamá durante los años que estuvo con ellos.

En el último invierno —Martín recién cumplía los seis años—, Antonia se pasó arriba de un árbol toda la noche en camisón y pulóver, porque alcanzó a escapar del puñete de su marido y corrió hasta encontrar un tronco que le permitiera subir y esconderse. Trepó al molle más cercano y se escondió en las últimas ramas que aguantaron su peso. Desde allí contempló la casita que habían construido después de endeudarse con medio mundo. Los techos de madera y zinc, las aberturas de chapa, el lavadero sin agua caliente del lado donde más pegaba el frío, el patio siempre seco, como si el pasto se negara a crecer para ella. Se pasó la noche entera agarrada al árbol con todas sus fuerzas para no caerse y lloró y lloró hasta que se puso claro el día. Cuando cantaron los gallos y ella no pudo sostenerse más en las ramas del molle, supo que su carne no admitía un solo golpe más. Volvió a la casa con ese acabose en su pensamiento. Ricardo estaba armando un bolso con una muda de ropa, el desodorante y los documentos.

—¿A dónde te vas? —le preguntó ella.

—A jugar al fútbol. Es en San Javier el partido y nos quedamos a dormir allá —respondió poniéndose el desodorante como si fuera perfume.

—¿Volvés mañana?

—No sé cuándo vuelvo, Antonia. No me jodás.

—Está bien.

Ricardo se despidió de sus hijos y se fue en la Fiorino que era su orgullo y objeto de afecto. Antonia, una vez que se hizo de noche y los niños se durmieron, guardó unas pocas prendas en un bolso descolorido, desenterró del patio su cajita con ahorros, puso algunos maquillajes en su cartera, salió en puntas de pie de la casa que le había costado media juventud levantar y se fue sin adioses ni lágrimas. Subió al primer colectivo que se marchara del pueblo, el que más se alejara de San Javier, porque no quería cruzarse a Ricardo ni por descuido. De un pueblo se fue a otro más lejano y ya nunca nadie pudo saber de ella. Los niños al otro día se despertaron y la llamaron a los gritos y luego salieron a buscarla. Ricardo volvió a los tres días y los encontró en casa de doña Rita.

Antonia se fue dejando abierto el libro de su vida para que escribieran en él lo que quisieran. Se fue sin dejar ni una carta de despedida sobre la mesa y no se supo nunca más de ella. Doña Rita la buscó como pudo hablando con conocidas de otros pueblos y no tuvo noticias. Nadie denunció su desaparición, voluntaria o no.

Él dio su versión de los hechos. Que se había ido con otro, poniéndose a sí mismo como la víctima cornuda. Los cretinos del pueblo se creyeron la versión del marido abandonado y se lamentaron por los niños. Novias no le faltaron, incluso algunas que quisieron hacer buenas migas con Irupé y Martín, pero siempre él las expulsaba con alguna rabieta y, al final, eran los niños quienes lo veían emborracharse todas las noches mientras comía sus costeletas grasientas y sus seis huevos fritos, mirando los noticieros amarillistas de entonces.

Ahora Ricardo Camacho está absorto en sus cavilaciones de hombre abandonado, acodado en la mesa después de cenar, con su tetrabrik de vino blanco dándole a su hígado el brebaje que tanto le gusta, eructando por la soda con la que corta el vino, mirando a Irupé lavar los platos subida a un ladrillo de bloque para alcanzar cómodamente la bacha de la cocina. Mirando a Martín terminar de cernir la arena mientras el perro ese que no sirve ni servirá para nada le estorba entre las patas.

—¡Pegale un patadón en la cabeza al cuzco ese para que no joda! —le grita al niño.

—Cómo le va a pegar una patada a un cachorro, eso no se hace —contesta Irupé.

—El perro es el animal más traicionero que existe, después de tu madre.

Martín embolsa toda la arena cernida y se pone luego a armar con un cajón de manzana y unos trapos una cucha para Don José. Sabe que, por la noche, una vez que su papá caiga tumbado por el pedo, lo llevará a dormir a su cama. Comparte cuarto con Irupé y ella no lo delatará.

Una vez armada la cucha y dejado el perro ahí dentro (y Dios quiera que no llore), Martincito va a sentarse a la mesa para comer la milanesa con fideos con manteca y queso que su hermana hizo para ambos. Cenan en silencio, pero Irupé, por debajo de la mesa, le da paraditas en los pies como diciéndole a su hermanito que allí está ella, que se quede tranquilo.

Pronto Ricardo se pone lenguaraz.

—¿Hace cuánto sos amigo de doña Rita vos?

—Desde que estaba la mami… no me acuerdo.

—Desde que la mami estaba viva. Así se dice.

—¡Pa! —interrumpe Irupé—. ¡No le digás así!

—Yo le digo como quiero. Si eso es lo que pasó, ¿o no? ¿Su madre está muerta o no?

—No, no se murió. Se fue nomás —dice Martín mientras llora y mastica su cena.

—O sea que si esa 'junigranputa, porque otra cosa no se le puede decir, si esa hija de mil putas viene mañana, ¿ustedes la van a recibir contentos?

—No sabemos qué va a pasar —responde Irupé.

—Nada, no va a pasar nada porque esa 'junigranputa no va a volver, ¿estamos?

Los dos niños guardan silencio. Ricardo emprende otra vez.

—¿Estamos?

—Sí, papi.

—Sí, papi. ¿Me puedo levantar? —pregunta Martín.

—No. Usté se queda acá. Usté si quiere se va a dormir —le dice a Irupé.

Irupé recoge los platos, los lava, limpia la mesa con un paño húmedo y va a dormir, como una pequeña esclava que se retira a su barricada.

—No lo tengás despierto al chico hasta tarde. Está cansado por cernir toda esa arena.

—Yo a su edad cernía cinco carretillas de arena y no hacía tanto aspaviento.

Martín en silencio con la mirada baja.

—Me has traído ese perro a casa y yo sé bien que has sido vos el que le dijo a la vieja esa que me venga a llenar la cabeza. Vos tenés que estar jugando con los muchachos, yendo a cazar palomas con la gomera, no visitando a la vieja 'junigranputa que te maneja como quiere. Parece que soy mal padre yo y que tu madre fuera una santa.

Ricardo se levanta y se va al patio, a orinar mirando a la calle, como diciendo aquí estoy, mundo, este pito gordo y mustio es mío, estos orines amarillos y hediondos son míos y soy el amo de esta casa, de estos niños, de este cielo y de esta noche. Sabe que nadie pasará por ahí porque viven en el culo del pueblo. Ni nombre tenía la calle hasta hace unos años y la bautizaron como Pasaje La Piedad. Pero la piedad era una virtud que no rondaba por esos lares. Ahí apenas estaba la vida de esos niños que lloran a escondidas la huida de su mamá. Que se despiertan de un salto escuchando gritar a las amantes pasajeras de su padre, en medio de esos polvos apretados y cortitos. Aquí, en estos guadales de los que se escapó Antonia, apenas estaba el corazón achicharrado de esos niños. La piedad había ido a esconderse muy muy lejos.

Se sacude la pinga, se limpia las manos en el pantalón y vuelve a sentarse a la mesa delante de su hijo, que no se ha movido de allí.

—¿Sabés por qué se fue tu madre?

Martín niega.

—Por tu culpa se fue. Porque vos no querías tener otro hermanito. ¿O no sabías vos que fue por eso?

El niño continúa callado. Afuera el perro chilla.

—Andá a callar ese perro.

Martín va hasta la cucha y lo toma en sus brazos y se queda parado afuera, detrás de las cortinas de tiras de plástico atadas con un trapo. Tiene una actitud protectora para con el cachorro. Piensa que si el padre intenta hacerle daño a Don José, puede escapar corriendo al monte. Le va a ser imposible encontrarlo de noche. Tiene escondites secretos a montones. El monte es su amigo.

—No le voy a hacer nada al perro. Pero quiero que tengás bien clarito de quién fue la culpa de que tu madre se vaya. Mocoso caprichoso de mierda. Tu hermana sí quería un hermanito, mirá vos. Y vos no quisiste que hubiera otro nene acá en la casa. Maricón.

—Yo no le dije eso a la mami.

—Sí. Ella me dijo que le habías dicho que no querías hermanitos. Por eso el último tiempo andaba enferma, porque tomaba anticonceptivos.

La lengua se pone pesada dentro de su boca. Ahí llega el líquido espeso de la borrachera danzando en su cabeza.

—Pero acá el hijo de puta siempre soy yo… siempre yo… y el boludo lo único que hace es trabajar para que vayás a hablar mal de tu padre con la vieja esa. Para que vayás a congeniar con la vieja esa y dejarme a mí como un sonso.

Desde la habitación llega la voz de Irupé:

—Dejalo venir a la cama al Martín. Ya es tarde, pa.

Ricardo lo mira y ordena:

—Dejá el perro ahí y andá a la cama… O llevá la cucha al lado de la cama y cuidadito con que se haga pis que van a cobrar vos y el perro.

Martín busca el cajón. Al pasar frente a su padre se detiene un momento.

—Hasta mañana, papi. Écheme la bendición.

Ricardo le hace la señal de la cruz sobre la frente.

—Dios lo bendiga. 'Ta mañana.

Se mete tras la cortina que cuelga donde debería estar la puerta de su cuarto.

Ya con el pico caliente, Ricardo Camacho toma la tijera y corta la esquina de otra caja de vino, ¡y se va la segunda! Y ahí queda hasta que despierta de un cabezazo en la mesa. No tiene idea de qué hora es y ha dejado el reloj en su pieza.

Sale a mear al patio de nuevo, otra vez en cualquier parte y otra vez, para limpiarse, se refriega las manos en el pantalón. Tambaleándose y puteando entre dientes se acerca al cuarto de sus hijos. Irupé duerme tapada con un abrigo que ha sido de su abuela a pesar de que no hace tanto frío. El niño da la espalda a la puerta y la cucha del perro está a los pies de su cama. Duerme en calzoncillos. En un momento gira y gime como si llorara en sueños, hacia el techo. Ricardo contempla a sus hijos balanceándose en el umbral, agarrado del vano de la puerta, sintiendo náuseas por el olor a humedad que viene del baño sin ventilación. Su pito sigue goteando orina, pero él no se da por enterado. El pantalón se moja. Se mete al cuarto, cubre mejor a Irupé y acaricia su pelo que era el mismo de Antonia. Está mareado y el cuarto se encoge y agranda para joderle la vida. Se agarra del espaldar de la cama de su hija y se queda un momento componiéndose. Silencioso y ajeno a ese cuarto como ninguna otra cosa en el mundo. Y no solo ajeno al cuarto de sus hijos, sino ajeno a sus vidas. Como si no fuera su padre. Martín ha dejado de gemir y sus párpados se mueven como si los ojos, por debajo, estuvieran danzando en una pista de patinaje. Se acerca a su cama y lo cubre con la sábana. Lo mira dormir largo rato y al final se inclina, asiéndose ahora del espaldar de la cama, y le da un largo beso en la boca. Se incorpora como puede y se va a dormir.

Para Martín es como si le asentaran el gajo de una mandarina en los labios. Por su cabeza pasan estas palabras: la bella durmiente. Gira para ver a su hermana y la encuentra sentada en la cama. Tiene el velador sin pantalla en la mano, listo para partírselo a Ricardo Camacho en la cabeza si se demoraba medio segundo más en hacer lo que hizo. Martín se cruza de cama y duermen juntos. Cuando Don José gime, en algún momento de la noche, lo suben a la cama con ellos.

La noche no permitirá que amanezca

Una buena receta de sushi obliga a usar un tipo especial de arroz a la venta en cualquier supermercado, grano corto, blanco, suave, con alto contenido en almidón, que le dé una consistencia extremadamente pegajosa al exquisito bocado. Arroz de una variedad japonesa de los arborio y carnaroli italianos, el mismo que sirve para hacer risottos. Una vez cocinado, su grano es brillante y tiene una agradable textura, firme y de buen sabor. Pero definitivamente para las travestis pobres cualquier arroz sirve, cualquier vinagre, incluso cualquier queso, aunque en China no se mezcla arroz con queso.

«Vienen por mí», CLAUDIA RODRÍGUEZ

Cada vez que mi economía me lo permite, hago scones e invito a merendar a mis amigos. Soy una travesti parda con algo de señora inglesa dentro. Siempre utilizo la misma receta que usaba mi mamá, una receta de su mamá que, a su vez, había heredado de su abuela. Los vendía en el pueblo. La gente se los sacaba de las manos.

—Lo más importante a la hora de hacer scones es no amasarlos y tener las manos frías —decía.

Invitar a tomar el té con scones a mis amigos es mi pequeño lujo, el lujo de las travestis pobres, diría Claudia Rodríguez, «para las travestis pobres cualquier arroz sirve…». Me salen igual que los de mi mamá no solo porque es la misma receta, sino porque todos los secretos a favor de un buen scon ella me los heredó como quien no quiere la cosa mientras la ayudaba en la cocina. Es mi herencia en vida, dice ella. De modo que estoy haciendo scones porque me sobraron unos pesitos y quise darme el gusto. A veces tengo buenas rachas. Existen noches así, en que me bajo del auto de un cliente y salto a otro y mi cartera se va llenando de billetes, que, si no me los roba algún otro cliente o un garrón, me alcanzan para hacerme algunos obsequios. Compro un rico té en Las Mil Grullas, una mermelada de frutos rojos, y lanzo la travaseñal al cielo para que mis amigos vengan a mi propio *afternoon tea*. A ellos les gustan mis scones, o al menos eso dicen, y nunca los rechazan, por otra parte.

Pero las noches de suerte son escasas y espaciadas entre miles de noches tristes, repetidas una tras otra, donde la ganancia apenas alcanza para un cuarto de pan negro. Épocas del año en que ser prostituta pesa como un abrigo de piedras.

Estoy ahí, en ese balcón de la calle Mendoza, la Julieta travesti, la Eva que discursea para ninguna multitud, en ese balcón que si hablara, madre mía, en pleno julio, con unas medias negras, botas rojas y una campera inflable que apenas me cubre el culo. Hace mucho frío. Es una noche ideal para colgar los guantes, pero resisto, porque aguantar se hace costumbre. No es por ninguna inteligencia en particular.

No ha parado un solo incauto en toda la noche, pasa muy poca gente por esa calle de luces amarillentas. Más temprano, en el edificio de enfrente que me tapa el sol, hubo una fiesta. Ahora, a las tres de la mañana, la calle está muerta.

44

Veo que a dos cuadras viene un automóvil. Algo parecido a la esperanza me trepa por las piernas. Todo auto a lo lejos es un posible cliente. Que sea un cliente, que sea un cliente. Parece un auto nuevo y viene hacia acá. Todavía falta que no doble por 9 de Julio, que siga hasta donde estoy, en el balconcito de planta baja que es mi vidriera de Ámsterdam. El auto avanza y no dobla en 9 de Julio, es más, parece que disminuye la velocidad. Eso es, despacio. Un auto nuevo, lustroso, un Peugeot 307. Dentro vienen cuatro hombrezotes de unos veinticinco años, la clase de chico guapo al que da gusto estafar. Estacionan frente a mi balcón.

Uno asoma la cabeza por la ventana.

—¿No nos harías un regalo?

—No hago regalos.

—Es que se va mi amigo a Italia y queremos que se lleve un lindo recuerdo.

—Pero los regalos se pagan. —Me doy vuelta, les muestro mi lindo culo de serrana.

—¿Cuánto?

Digo mi precio evaluando la piel, la marca de su ropa. Me responde:

—Ni que la tengas de oro.

Yo me encojo de hombros y miro en otra dirección. Los ignoro. Cruza un hombre en bicicleta por detrás de su auto. Me mira, lo miro. El hombre me sostiene la mirada a pesar de que ellos están ahí. Lo he atendido en otras ocasiones, sale de su trabajo en la estación de servicio de Colón y Neuquén, a unas seis cuadras de casa.

—¿Así tan fácil nos cambiás? —dice uno dentro del auto.

El hombre de la bicicleta se apea y continúa muy despacio a pie. Los que están en el auto parecen celosos. Deliberan entre ellos y finalmente uno dice:

—Bueno, no te robamos más tiempo. —Arrancan. Se escuchan carcajadas dentro del auto.

Espero que el de la bicicleta regrese, es un buen cliente además. Pero no vuelve por mí.

A los quince minutos regresan los que quieren el regalo. Se quejan, se lamentan de no tener dinero, a pesar de que veo que lo tienen, se les nota en el auto, en la ropa, en el tonito para hablarme, en la piel, en los relojes.

—Te vamos a llevar a un country —me dice el conductor casi a los gritos—. Eso tendría que alcanzar.

Alcanzarme para qué, me pregunto, como si pudiera pagar el alquiler diciendo que visité un country. Finalmente, entre idas y venidas, regateando como en un mercado, logramos un acuerdo que me parece bastante justo. A esa hora se supone que hay que tomar lo que viene, no mirarle los dientes al caballo regalado, así sean diez pesos. Cuando fuiste un fracaso como prostituta, aprovechá gaviota, que no te vas a ver en otra. Además, esos muchachitos bien comidos son guapos. Si la cosa fuera en un boliche y yo estuviera de civil, seguro me acostaría con los cuatro juntos y no les cobraría nada.

Antes de salir, me tiro unas gotitas de perfume y llevo en la cartera un poco de base de maquillaje por si el zamarreo sexual me arruina la pintura. Me siento adelante, en las piernas duras como un tronco del que me dijo «ni que la tengas de oro». Él inmediatamente dirige su bulto al agujero negro que hay entre mis nalgas y se frota.

—Cuidado no te vaya a pinchar con los bigotes —dice uno desde atrás.

—Ey, traten bien a mi novia —dice el que conduce.

Yo ya estoy arrepentida de haberme subido. Van escuchando cuarteto, a todo lo que da. Hace calor dentro del auto porque tienen la calefacción prendida. Siento que se me escurre la transpiración por las patillas, que tengo la espalda completamente mojada y no sé dónde está el personaje de la comerciante de carne capaz de lidiar con gente como esta. Dónde está cuando la necesito. La busco dentro de mí y no la encuentro. Solo estamos la travesti que necesita juntar plata para pagar algo de todos los meses que debe de alquiler y la calentona que va a cogerse a los nenes de papá a un country.

Desde atrás, uno se saca la remera y muestra unos abdominales que parecen adoquines.

—Mirá lo que te vas a comer. ¿Te gusta? Somos rugbiers —dice.

—¿De qué club?

—No le digás —interrumpe el que maneja.

Yo, que voy encima del mamotreto que me clava en el culo su pito duro como una amenaza, no puedo admirar del todo el cuerpo del que se exhibe. Tengo ganas de vomitar porque los cuatro están muy perfumados. Esto es como meter la cabeza dentro de un balde lleno de Poett Campos de Algodón. Me aterra pensar que ese tufo me puede quedar pegado para siempre en las narices.

Manejan a gran velocidad, hablan sin parar, ríen a las carcajadas, me obligan a manosearlos ahí en el auto. Le exigen al más dotado de los cuatro que me demuestre el lujo que hay dentro de sus pantalones. Presumen de ser amigos de muchas personas famosas, dicen ser íntimos de Flor de la V, de la Pachi, de la María Laura, pero todo lo que dicen suena a mentira. Tocan bocina a los transeúntes para asustarlos. Pasan muy cerca de los motociclistas, insultan a los basureros en la avenida Caraffa. Conducen zigzagueando y cantando a los gritos eso de: «Y fueron mis manos las que te escribieron la carta y han sido mis dedos los que te pusieron la trampa». Yo trago saliva y pienso en cómo no soy más dedicada a mi trabajo, cómo no salgo con más regularidad. Me acuso de no saber ganar dinero como prostituta por remilgosa, porque si el cliente no me gusta prefiero pasar de largo, porque si tengo sueño prefiero quedarme durmiendo. Tantas ñañas para salir a trabajar y siempre, invariablemente, llega un momento del mes en que comienzan a comerme los piojos y tengo que recurrir a cosas como estas. Estar en un auto con imbéciles como estos, yendo a un lugar que no conozco a hacer vaya a saber qué cosa.

Las tres y media de la mañana cuando llegamos a la casa en el country. Todavía creo que puedo manejar la situación, que tengo todo claro, por dónde vinimos, por dónde salir. Tengo fuerza y estoy sobria. No me pueden hacer nada estos estúpidos niños ricos. Las puertas de la casa están abiertas de par en par y se escucha música electrónica a todo volumen. No hay vecinos cerca. Dentro de la casa hay cuatro tipos más, a juzgar por el tamaño, también rugbiers. El sueño de las colas calientes de la ciudad. El sueño de mis amigos putos y también un poco mi sueño. Una *gang bang* con chicos bonitos. Ser la única hembra entre todos esos orangutanes con zapatillas Gola y remeras Key Biscayne.

En el living, la escultura de una moto antigua brilla sobre una mesa baja de madera oscura y vieja. Es una casa extraña. Techos altos, puertas enormes y pesadas, paredes de piedra. Me cuentan la historia de su rareza: ha sido una iglesia alguna vez. Ahora, convertida en casa, toda su sacralidad, todos los espíritus santos que la habitaban han muerto conmigo. Mi sola presencia basta para profanar toda santurroneada que haya quedado flotando en el lugar. Ellos, sin embargo, intentan perpetuarla. Hablan del valor de esa propiedad, de la madera de los dinteles, de los años que tiene el chañar de la entrada. Sobre la mesa del living hay un caminito de drogas de todo tipo, la droga que se les ocurra está frente a mí. Algunos andan en bóxer porque ahí dentro hace mucho calor.

—Tiene losa radiante la casa —me dice el que conducía el auto en el que vinimos, que parece ser el dueño.

Me ofrecen lo que quiera de la mesa.

—Quiero merca —le digo. Nada de andar perdiendo la cabeza.

—Es alita. Probala —me dice el aparente dueño de la casa. La pruebo y es suave, parece agüita.

Desde que vivo en Córdoba, estoy cerca de iglesias y colegios religiosos. Ahora me drogo en una iglesia convertida en casa junto a esos cuerpos de rinocerontes llenos de cicatrices y moretones, tomando alita de mosca y esperando para hacer mi numerito. Dos de ellos exponen su queja: han traído una travesti en vez de una mujer. Encima no está operada y su nariz es horrible. «Mirá las tetitas que tiene, no, gracias pero no». De manera que el grupo a atender se reduce a seis muchachitos ansiosos y drogados tratando de portarse mal conmigo. Me llevan a una de las habitaciones, la habitación de papá y mamá, los señores de la casa.

—Solo te puedo ofrecer agua para tomar. Lo que nosotros tomamos no creo que te guste, son vinos de mi papá.

No sé qué responder a eso, de modo que me encojo de hombros y lo sigo hasta el cuarto. Me cuenta que la cama, o la habitación, no recuerdo bien, es giratoria y busca el sol.

La primera ronda es con tres a la vez. Dos que no venían en el auto y el que se preocupó por mis bigotes. Tienen tal estado que apenas pueden mantenerse en equilibrio. Intentan hacer algo con esas pingas desahuciadas, que por muy bonitos que sean no les sirven de nada, y todo queda en unos manoseos y lamidas, muy profesionales, claro. Noto que el que se preocupó por mis bigotes en el auto aprovecha la mezcolanza de carnes para acariciar las nalgas de piedra de su *partenaire* en el cuarteto. Yo estoy acaballada sobre uno de ellos, tratando de poner duro un pito que tiene la consistencia de un engrudo, y con el rabo del ojo veo cómo el muchacho pasa distraídamente su mano por mi pija, por la pija del que está debajo y la pija del que está junto a mí. En un momento se atraviesa por encima de su amigo con la excusa de darme un beso pero finge caerse encima del que tengo debajo y le chanta un lengüetazo en el cuello. Así no se puede trabajar.

—¿Qué pasa, che, me querés sacar el trabajo? ¿En la cama de los padres de aquel? ¿Cómo es que había dos actrices en esta cama y no me dijeron nada? —Así se pone en evidencia a un aprovechado.

El que tengo debajo se incorpora y dice:

—Qué asco, ¡me pasaste la lengua, hijo de puta! —y se limpia con la mano.

Me da gusto haberlo expuesto.

El oportunista no dice nada, finge estar muy borracho. Está mintiendo, lo sé, no estaba así cuando llegué, no tuvo tiempo de ponerse así de borracho.

El otro se levanta espantado. De repente la borrachera se le despejó por completo.

—No se puede con vos, siempre hacés lo mismo, loco —le dice al toquetón y sale desnudo al pasillo.

Mientras tanto, el que recibió el lengüetazo también se pone en pie y lo sacude, lo empuja y cae de la cama.

—Rajá de acá. Andate, después vení solo.

El mano larga monta el número del ofendido, el que dice cómo le vas a creer a este trava y no a mí. Se pone el bóxer y sale apoyándose en las paredes. El que se queda conmigo en la cama termina por rendirse al fracaso de su erección. Estarán condenados de por vida al fracaso de cada intento de erección, pienso con malicia. Que nunca más se les pare la pija. Les arrojo la maldición y pongo toda mi fuerza para que se cumpla.

Balbuceando, perdido en la borrachera, me acusa de ser fea, de no excitarlo, de no trabajar en pos de su erección. Hasta con las puertas de la habitación cerradas la música electrónica aturde.

El dueño de casa trae un consolador. Aparta al impotente de la cama con sus piernas de toro, que cae y se queda dormido en el piso. Este parece ser un poco menos idiota que los de recién. Es un rico morocho, con pecas y ojos verdes. Tiene las pupilas enormes. Supongo que el consolador es de su madre porque lo trae del baño de la habitación. Me pide que lo penetre con eso. Con un pene lustroso y negro con el que la madre seguramente se masturba también. Me multiplico, ya no tengo manos, tengo tentáculos, mil bocas, soy todas las prostitutas en una misma cama. Le hago una francesa, mientras lo penetro con el consolador de su mamá y le rasco los huevos como si rascara la cabeza de un cachorro. Soy la prostituta orquesta. Por suerte, él sí tiene una señora erección y se vuelve todo un poco más divertido. Ya no pienso tanto en cómo deshacerme de ellos y de esa experiencia incómoda. Afuera, entre el pum, pum, pum de la música, se escuchan carcajadas. Yo, como siempre, creo que se están riendo de mí.

La segunda ronda es con el que me trajo sentada en su falda. Por fin conozco el pito que me amenazó todo el viaje. No es la gran cosa pero huele bien y es claro, doradito. Se me cruza la imagen de la cándida Eréndira estrujando las sábanas donde está la transpiración de sus clientes. Por la ventana, desde afuera, todos los demás miran y filman. Me saco el pececito dorado de la boca y me aparto.

—¿Por qué no avisan que van a filmar?

El que está en la cama no se inmuta. Desde afuera, el dueño de casa me grita que cuánto por filmarme. Subo el precio casi el doble y ellos aceptan. Total, qué puede importar.

Cuando termina el asunto, el grupo de hienas se disgrega. Me visto en la habitación giratoria y me prometo no tomar estos riesgos otra vez. Nunca más. Al salir del cuarto, me esperan los muchachos, pero no solo los muchachos, sino también tres o cuatro chicas que han llegado mientras yo estaba posando como una actriz porno tercermundista.

—No le pueden pagar a este escracho —dice una de las chicas mientras toma de la misma alita de mosca que tomé yo.

El dueño de casa me dice que no puede llevarme a la pensión y que como no atendí a todos no me van a pagar lo acordado. Tienen menos dinero del que pensaron.

—Y tenés que lavar el vestido de mi hermana, que se vomitó encima, la idiota. —Todos sueltan su risita de mierda.

Me pongo las botas como puedo, en silencio. Ellos suben el volumen de la música y se ponen a saltar y bailar. Uno de ellos da brincos como un orangután delante mío y me grita, supongo que es un grito de rugbier antes de un partido. Mientras, trato de subir el cierre de la bota que me queda chica. Me paro muy dignamente y me voy en silencio por la puerta antigua de la santa iglesia de mierda esa, y me llevo conmigo una botella de vodka que, habrán sido muy ricachones, pero es un vodka que se compra en el supermercado. Bajo por esas calles llenas de piedras y paso por la entrada del country. El guardia me saluda con la mano y una sonrisa amarillenta que me da un golpe de calor. La noche no permitirá que amanezca todavía.

Me hago traer al centro por un repartidor de panes al que le pago el viaje con una esmerada francesa que huele a criollitos y medialunas recién sacadas del horno.

Al llegar a la pensión, dejo sobre la mesita de luz un reloj que tiene pinta de ser muy costoso y que me encontré al costado de la cama, debajo de uno de los almohadones bordados tirados en el piso. Me lo metí en la bombacha. Fue como meterme un cubito de hielo. Por la mañana, voy a la galería Planeta y vendo el reloj al precio que el comprador me ofrece. Ni siquiera regateo. Para mí está muy bien ese dinero. No me asusta que ellos puedan volver a la pensión a reclamar el reloj. Por lo general, nunca se quejan de mis robos ni hacen ninguna denuncia. Intuyo que vale más su reputación.

Hago las cuentas de lo que me sobra pagando unos meses de alquiler y concluyo que fue una noche de suerte. Compro todo lo que necesito para hacer scones y le hago una carga a mi celular. Mando mensaje de texto a mis amigos: esta tarde, té con scones en casa.

El otro secreto para que los scones salgan livianitos y bien leudados es dejar la masa enfriándose en la heladera por lo menos una hora. No falla. Dejar reposar la masa en la heladera y no amasar, simplemente unir.

Soy una tonta por quererte[*]

Era una belleza. Y ustedes dirán: ¿cómo una vieja puta, negra, alcohólica, sin dientes, ex convicta, heroinómana, rancia podría ser una belleza? Ah, diré yo… viejas putas de esa índole, hemos conocido a muchas, también *ladies* hermosas, claro, miles de mujeres así, pero nunca tan bellas como Billie. Dos chicas como nosotras, ya saben, «dos chicas tan especiales», como solíamos decir a los muchachos que nos interrogaban por nuestra entrepierna, chicas de noche y tímidos jotos de día, no teníamos mucha oportunidad de conocer a otro tipo de mujer. Las viejas putas, desdentadas, risueñas y picosas como chile habanero eran nuestras amigas, las chicas de todos los días; las peinábamos gratis, las maquillábamos gratis, les aconsejábamos el corazón, la cabellera y el culo y las abrazábamos con bondad. Esperábamos hasta que la última clienta del salón de belleza se hubiera retirado y hacíamos pasar a todas las desprotegidas, madres solteras, viudas, que necesitaban de nuestras manos para darse un momentito a la hermosura. No importaba cuán cansadas estuviéramos mi amiga

[*] *Nota de la autora:* Se recomienda ahora escuchar *Lady in Satin*, de principio a fin, en un cuarto, a solas.

y yo, que somos, como quien dice, las protagonistas de esta historia. Luego cerrábamos (éramos de confianza y teníamos la llave) y allí no había pasado nada.

Sobraban temperamento y energía para socorrer de la fealdad o el abandono a estas damas disolutas. Personas decentes, gracias a la Santísima Virgen de Guadalupe que nos protege, hemos conocido muy pocas. Y no es que estuviéramos lejos de la mentada decencia, éramos chicuelas ingenuas en el fondo, como si nuestro pecado no nos eximiera de la inocencia. Pero no se nos daba conocer a mujeres u hombres decentes. Las personas tan disciplinaditas, tan obedientes, no aparecían en nuestro camino. Para escapar de la miseria, las damas decentes aceptaban todos los mandatos y los golpes y las contiendas de las familias a las que estaban obligadas a pertenecer. A veces las peinábamos y se olía en el cuero cabelludo ese rencor amoniacal por no poder renunciar a sus collares de perlas auténticas que colgaban de sus cuellos, pesadas como un grillete. Las Goldman, las Rosemblat, las York, esas mujeres eran muy aburridas y, en las pocas ocasiones en que se cruzaban con nosotras, nos miraban con muchísima desconfianza. Mientras las peinábamos, sujetaban sus bolsos contra los pechos escuchimizados como si fuésemos capaces de quedarnos con algo ajeno. A veces me daban ganas de decirles: «Mire, señora, yo con lo único suyo que podría quedarme es con su marido».

Luego recordaba que estaban bien feos los cabrones y se me diluía el enojo. Pero es que a una le tienen terror por nada. Y sobre todo estas viejas. Bueno, no, me corrijo, en realidad, todos nos temen o nos odian, no voy a mentirles. No puede decirse que el odio sea una cosa de las damas de sociedad de Nueva York, qué va, el odio que nos tienen es patrimonio de la humanidad. Billie, en cambio, no nos miraba con miedo. Era un amor. Un verdadero amor. Y si lo pienso mejor, la verdadera dama de sociedad era ella. Decía «cariño», «dulzura», «amor», «cielo», usaba todas esas palabras para referirse a nosotras. Era algo para ponerse a llorar.

Ava es la otra protagonista de esta historia. Mi amiga, mi hermana, mi socia de tijeras y bigudíes (se había bautizado así en honor a Ava Gardner, no hace falta que lo aclare). Nos conocimos de la misma manera en que conocimos a Billie. En un fumadero de Harlem, una noche de invierno gringo. El brillo de la doncella destelló en nuestras pupilas nomás al vernos y desde entonces no nos separamos más. Ava siempre lloraba cuando Billie le acariciaba el pelo y le decía con esa voz tan rota y ese aliento fatal a alcohol y cigarrillos que todo iba a ponerse mejor algún día, cariño, que el mundo cambiaría, mi cielo. Era de locos, porque lo decía con tal convencimiento que parecía cierto. Y ella, como nosotras, sabía que había mucho por mejorar en el mundo, mucho que hacer, mucho que revertir. Que no era sencillo. Pero mentía para alegrarnos y eso era mejor que el amor.

¿Que cómo la conocimos? Es de los asuntos que te hacen creer que tienes un porvenir, algo reservado únicamente para ti como las huellas dactilares. Una destinación, decía Ava, que haberla conocido era parte de nuestra destinación. Nosotras éramos muy asiduas a Harlem a pesar de ser chilangas. Nos gustaba ir por la noche o cuando comenzaba a oscurecer porque la barba se esconde mejor tras los maquillajes, y además porque en los fumaderos te encontrabas con negros que entre las piernas tenían bultos como tesoros de miles y miles de quilates. Una pensaba en todo el valor que había en el bulto de un negro, los rubíes, las esmeraldas, las perlas que podían encontrarse al abrir sus braguetas que eran como un cofre, como un baúl cerrado con siete llaves, y bueno… no quiero ser soez y muchísimo menos obvia y explicitar qué era concretamente lo que íbamos a buscar a Harlem.

Con Ava habíamos aprendido que, a los hombres, los escrúpulos en contra de los jotos y las travestis se les hacían espuma cuando fumaban marihuana o se excedían con el ron. Todos decían no, no, no, con travestis jamás, hasta que se hacían las tres o las cuatro de la mañana y las mujeres se marchaban con los blancos. Ahí sí, nos hacían una seña casi invisible que solo nosotras entendíamos para que los siguiéramos por algún callejón o los lleváramos a nuestro apartamento.

Si habremos conducido negros de tesoros suntuosos hasta nuestra casa de dos plantas regenteada por la negra que nos malcriaba, Mamma Mercy, la negra de nuestros corazones. Una gorda maciza a la que le faltaba el dedo índice de la mano izquierda. Se lo había rebanado sin querer cortando calabazas para Halloween en la casa de unos ricachones de Manhattan. La echaron a la calle con la mano envuelta en un pañuelo que a duras penas contenía la hemorragia y el dedo en una bolsa de papel, y nunca más volvieron a abrirle la puerta. Decidió mudarse a la planta baja de su casa y arrendar la parte de arriba a señoritas. Pero no tuvo suerte y las señoritas se escapaban en mitad de la noche debiéndole dos, tres, cinco meses de alquiler. Mamma Mercy era generosa y nunca recurría a la fuerza bruta ni contrataba matones para cobrar lo que era suyo, de modo que siempre estaba siendo estafada por alguien, la muy mensa. Ava y yo llegamos a su puerta convocadas por un anuncio pegado en la vidriera de una farmacia. Le dijimos que teníamos trabajo como esteticistas en un salón de belleza en Manhattan; nos hizo pasar y ya nos sentimos como en casa.

—¡Dos jotos sueltos en Nueva York! —gritó el día que nos instalamos en la planta alta, en la que teníamos baño propio con bañera y ventanas que daban a un patio interno en el que reinaba un nogal.

Oh! Mamma Mercy! Podría apostar mis lindos ojos de india a que ustedes nunca probaron mejores estofados que los que preparaba Mamma Mercy.

En materia de pasiones, Ava siempre tenía más suerte que yo. La gente pensaba que era tonta porque casi no hablaba y siempre había que llamarla dos o tres veces para que te prestara atención. Al comienzo yo también pensé que era bastante negada, la pobrecita. Un mariquita tan bello y silencioso, que por todo se disculpaba y pedía permiso, con esos dedos largos y finos que parecían agujas de tejer. Luego entendí que de tonta no tenía ni un pelo. Había aprendido a desconectarse de este mundo y guarecerse dentro suyo como si se tratara de un palacio. Lo único que la mantenía en las cuestiones de la tierra era su belleza. Todas esas generaciones de teutones que la precedían y le habían heredado los ojos más azules del mundo le aseguraban buenos amantes.

Una travesti así, con los ojos tan claros y la piel más blanca que la leche que tomábamos en el desayuno, tenía el cielo ganado en asunto de hombres.

—Acércate, güerita —le decían los latinos de por ahí, casi lamiéndole las orejas, pero ella no los escuchaba, paseando por los salones de sí misma.

Yo soy una chaparra más bien gruesa de cintura, que gustaba y sigo gustando de la panificación en exceso. Mi única ventaja en esto del travestismo es que casi no tengo vello en ningún lado. Herencia india supongo. Pero nunca he sido una preciosidad ni mucho menos. Y los hombres se encargaban de hacérmelo saber.

A veces, fingía dormir después de volver a casa de los fumaderos de Harlem, sola como una perra. Ava entraba al cuarto con un negro de piel glaseada, digamos de un metro noventa, un metro ochenta, y desplegaba el biombo de madera para generar intimidad. Nuestras pelucas (de pelo natural, por supuesto) reposaban en la cómoda en unas cabezas de maniquí y nuestros vestidos estaban todos escondidos entre el esqueleto de la cama y el colchón. A veces, el negro en cuestión notaba que había alguien del otro lado del biombo, porque yo sin querer tosía o giraba sobre las sábanas ásperas. Estaban tan borrachos que podría haber estado escribiendo a máquina y para ellos hubiera sido lo mismo. Pero, a veces, el negro que notaba mi presencia del otro lado del biombo hacía dar marcha atrás la erección de su tesoro y decía:

—¿Quién está ahí?

—Es mi hermana —respondía ella.

—¿Por qué no la despiertas para que nos acompañe?

—Duerme ahora. No la molestes —decía Ava, que era mezquina con sus negros y no te los prestaba jamás.

Y cuando el negro se quitaba la camisa yo podía respirar todos los secretos que se escapaban de esa piel, ese chocolate incluso más sabroso que el que hacía mi abuelita, que fue como mi madre y que en paz descanse, y cuando Ava le quitaba los pantalones con una velocidad que asombraba, también respiraba todos los olores que salían de ahí abajo. Ava era muy limpia. Lo llevaba a la cómoda donde estaban las pelucas y de un latón recogía agua con la mano y frotaba las pelotas del negro eventual con un poquito de jabón hasta hacer espuma y despertar ese tesoro de rubíes y doblones que adquiría más y más tamaño hasta hacer una espada que ella se metía toda toditita en la boca. Como un faquir, sin pestañear ni soltar una lágrima. Y cuando la penetraban en la cama, yo escuchaba cómo ella pedía por favor que no la hicieran gritar.

Y cuando ella decía eso, los negros la penetraban con más fuerza y a ella no le importaba el dolor. Y yo sentía cómo mi entrepierna, que no era ningún tesoro, iba poniéndose más dura y más dura y me odiaba por eso, porque yo odiaba mi pito casi tanto como me odiaba a mí misma.

Pero eso era antes, antes de Billie. Antes de conocerla tenía alojado un sentimiento como ese dentro mío. Cuando iba a orinar, miraba mi entrepierna y pensaba: te odio, te odio tanto, toda mi tristeza es por tu culpa. Te odio tanto que te cortaría con una tijera de podar. Ahora no lo trato así. Incluso ahora, a veces, cuando me quito la ropa y me miro el pito colgando, le digo te quiero, te perdono, no quise decir todo eso.

¿Ya les dije mi nombre? No, no se los dije. Me llamo María, como mi abuela. Que en realidad fue siempre mi mamá, porque fue la mujer que me crio y me llevó de la mano a ver los fuegos artificiales de fin de año allá a treinta cuadras del Zócalo, en Colonia San Rafael, donde me crie. Mi mamá se casó con un gringo cuando yo tenía doce años, se fue a vivir a California con la promesa de volver a buscarme al año siguiente pero nunca más volvimos a verla. Viví con mi abuela hasta que cumplí los diecisiete. Un día le llevé el desayuno a la cama y la encontré muerta, con esa cosa beata en la cara de los que mueren dormidos. Era una muerte muy justa, pensé. Y ese pensamiento me entretuvo bastante como para no derramar ni una lágrima.

Sin nada que me atara a México, vendí lo poco que teníamos; tuve amores de a peso con cuanto buen hombre se cruzó en mi camino hasta que junté el dinero para el billete de avión y terminé en Nueva York trabajando como aprendiz en las peluquerías de Harlem.

Mi primer gran maestro fue un joto puertorriqueño al que llamábamos Tucán porque tenía la nariz enorme y ganchuda y porque revoloteaba alrededor de la cabeza de las clientas agitando los brazos como una pajarraca histérica. Tenía una clientela elegante y selecta, el club de las viejas muy fresas que se cortaban el pelo solo con un marica como él.

—Tú puedes peinar a mil estrellas. Podrías tener el pelo de cualquier estrella de cine en tus manos, hacer que se vea bonita cualquiera de ellas. Pero una aprende a ser *coiffeur* con el pelo de las negras —decía—. Hay que laciar un pelo como ese, una sortija tan rebelde que ni con lágrimas se estira. Una aprende verdaderamente el arte de la peluquería poniendo bigudíes a las negras, porque trabajar con ese pelo, que es mucho y muy pero muy ensortijado, es como trabajar con las cosas imposibles del mundo.

Tucán no solo me enseñó cómo ser una buena peluquera. Me enseñó a ganarme el afecto de las clientas con mis cascabeles, siempre serpiente emplumada alrededor de sus cabezas con tres pelos locos. Me enseñó a ganar buenas propinas y a sobrevivir al apremio de Nueva York siempre con una sonrisa, siempre simpática con *tutto il mondo*. Y me dio ese conocimiento sobre cómo ser joto y no morir en el intento en ese país de gringos. Lo recuerdo y ya me pongo emocional. Las tristes reverencias hechas al mundo para que no me mataran, las horas sangrando en alguna esquina luego de una paliza, los dolores de un latino aquí, en la tierra prometida, pueden imaginarlos ustedes, pero no son así como se los imaginan. Todo es parte de un pasado que yo digo que está muerto, bien muerto en algún lugar de mi corazón. Y luego está la vida en casa de Mamma Mercy, o la vida con Ava, o la vida con Billie.

Como soy latina, los negros no me prestaban tanta atención a la luz del día. Y pos como yo iba de mero varón, me miraban como a uno más. Negros y latinos éramos la misma mierda en ese entonces. Teníamos que escondernos y protegernos entre nosotros como una cofradía, y por eso creo que a ellos no les llamaba mucho la atención. Ni mi piel, ni mis rasgos, ni mis ojos tapatíos que heredé de mi abuela santísima. Y quién podría juzgarlos. Los negros querían migrar, conocer otras pieles, ver su piel contrastando con la piel de las güeras. Y es por eso que no tenía tanta suerte como Ava.

Pobrecita Mariíta, sin amor y sin ternura, la echaremos a la calle a vivir su desventura…

Los fumaderos han sido siempre una porción de cielo. Allí podías encontrarte con toda una fauna salvaje y siempre en peligro de extinción, no te cruzabas a esa gente ni en la calle ni en los bares de jazz, y mucho menos a la luz del día. Negros, travestis, putas, jotos, hombres sin piernas o sin brazos que volvían de la guerra, gordas elefantiásicas, enanos, orientales. Te sentías como en casa. Y, de todo lo que pasaba allí, lo mejor era que los blancos eran extranjeros. Por única vez en la vida los blancos se movían con respeto. En los fumaderos no se creían mejores que nadie, como lo hacían el resto del tiempo. Los blancos en los fumaderos de marihuana de Harlem no eran dueños de nada, andaban siempre con temor de que los negros les partieran la madre. En más de una ocasión se iban de allí con un tajo en la cara o sin un centavo en sus bolsillos. Esnobs hubo en todos los tiempos, y aquí también estaban. Los blancos escritores, las actrices de Broadway, algunos políticos iban a Harlem a escuchar jazz y se perdían en nuestro infierno sin puntos cardinales, ni cielo, ni suelo.

A nosotras, el jazz no nos gustaba demasiado, para qué mentir. ¡*Very boring*, mi cielo! Creo que en el fondo éramos bobas. Esa música imposible de tararear, esos biripbududurabap, esas trompetas que te hacían doler la cabeza. No, no era música para nosotras, o al menos para mí, que venía de puras rancheras, corridos y boleros. Música que nacía del calor. Pero nos gustaban los negros que ejecutaban los instrumentos y los mafiosos negros que iban a escuchar noche tras noche esos sonidos del diablo. Tururú, dabadá, piripiriparadabdiribá. Luego la conocimos a ella y esa música que se nos hacía ajena y difícil de cantar se volvió familiar, me sonaba igual de bonita que las canciones que cantaba mi abuela mientras molía café. Y ya nos gustó. No todo el jazz, pero ella sí.

Una noche fuimos con Ava a un fumadero en la planta alta de una casa en el centro de Harlem. Era la primera vez que lo visitábamos. Estábamos borrachas con bourbon de contrabando, la mejor receta para recuperarnos de una cruda que nos había tenido en cama todo el día. El no conocer el lugar nos había puesto tímidas, y la timidez nos dio ganas de beber. Aquel no era más que un apartamento sin muebles, con un solo baño que no distinguía entre caballeros y damas y unos ventanales cubiertos con pesadas cortinas de tela tosca. Allí estábamos, tiradas en un sillón muy viejo, con unos vestidos verdaderamente pasados de moda, yapados en todas las costuras de la espalda y la cintura para que nos entraran. Con dificultad carroñábamos una conversación entre dos putas que cotilleaban cerca de nosotras. Una le contaba a la otra cómo le había mordido sin querer el pito a Frank Sinatra y cómo este sin decir aguavá le había dado un bofetón. El chisme se vio interrumpido por un alboroto que subía por la escalera. Pensamos:

«Es la pinche policía, nos llegó la hora». Ya saben, no es ninguna novedad lo que sucede cuando la policía arresta a dos chicas como nosotras. Ava se tomó su vaso de whisky de un solo tirón y brindó conmigo.

—Fue una buena vida contigo, hermana —dijo.

La abracé sin poder decir lo mismo. Yo pensaba que la vida había sido una mierda y que el mundo era una mierda, pero no se lo dije porque no quería arruinar su solemnidad. De pronto oímos la carcajada de alguien cuya voz nos resultó muy familiar. «Ahora se escuchan los tiros», pensé, pero no. Se escuchó una voz muy muy cansada, muy suave, como un tintineo de latas herrumbradas que subía por la escalera. Apareció primero Louis Armstrong, el mismísimo Louis Armstrong, señoras y señores, y por detrás, una dama, hay que decirlo así porque no cabe otra palabra, una dama en un vestido blanco de satén bordado en piedrecitas brillantes que encandilaban más que cualquier bulto de negro que anduviera por ahí.

Era Billie Holiday.

Al subir el último escalón, su tacón se enredó con el vestido finísimo que llevaba puesto, o tal vez fue con el saco de piel que iba arrastra que te arrastra por el piso como si no valiera nada, y se desmoronó. Yo, con todo mi vestido yapado y pasado de moda, de un salto, no sé cómo, por teletransportación, me puse de pie y la tomé por los brazos, impidiendo que se diera de bruces contra el suelo. Parecía que un hechizo había suspendido la voluntad de toda la concurrencia, incluso Armstrong se había quedado ahí paradote sin entender nada.

Al agarrarse como pudo de mí, sus manotazos me rozaron la cabeza y mi peluca se corrió y me dejó la mitad de la frente y mis entradas, ¡ay!, ¡mis entradas de hombre al descubierto!, y la gente se echó a reír.

—¿Qué pasó, amorcito, se terminó el hechizo?

—¡La Cenicienta se convirtió en hombre!

Oía las burlas venir de todas las direcciones como sablazos.

—¡Basta! —supliqué—. ¡No hagan esto!

Ava corrió para acomodarme la peluca y Billie Holiday miró a todo el mundo con un odio tan nítido que parecía vapor saliéndole por los ojos.

—Oigan bien, partículas de mierda. Si alguien vuelve a reírse de esta dama, se regresa a su casa sin pelotas —gritó.

Armstrong volvió a reírse, se puso a charlar con las putas chismosas, y Billie Holiday me acarició la mejilla y me dijo: «Gracias, cariño». Vino a sentarse al sillón con Ava y conmigo. En el bolsillo de su visón llevaba una bolsita de cuero llena de una marihuana perfumada, mejor perfumada que ella, y se puso a armar un porro para fumar con nosotras. Al terminarlo gritó:

—¡Eh, Bupa! ¡Fuego!

Armstrong se acercó agitando un encendedor que debía valer más que toda mi vida entera y encendió el porro en mi boca como un verdadero caballero, el gesto más dulce que un hombre había tenido para conmigo en un lugar como ese.

—Señoritas —dijo, y se quitó el sombrero.

—Te presento a mis amigas, ellas son…

—Ava —dijo mi amiga con la cola en un grito.

—María —dije yo y estiré la mano, para darle un apretón, pero él me la tomó y la besó.

Y juro por la luz que me alumbra que ni Ava ni yo, grandes rastreadoras de tesoros en braguetas, miramos su entrepierna. Nos quedamos como atontadas, su sonrisa, su voz, su sombrero, no sé. Estábamos sentadas junto a Billie Holiday y el mismísimo Armstrong había encendido un porro en mi boca. Alguien con poder, con elegancia, con prestigio había intercedido por mi dignidad.

Toda la noche la Holiday permaneció con nosotras, preguntó dónde vivíamos, qué clase de comida nos gustaba, si éramos travestis de tiempo completo (aunque no recuerdo bien si fueron esas las palabras que usó). Que cuánto calzábamos, que si nos gustaba su marihuana, que si teníamos algún disco de ella, que si la habíamos escuchado alguna vez cantar, que si teníamos ganas de ir a comer con ella, que si podíamos peinarla alguna vez para uno de sus conciertos, que si nos gustaba el jazz y que de dónde habíamos sacado nuestros vestidos, que cómo era posible tener tan mal gusto, que nuestros vestidos eran espantosos, que ella tenía muchos vestidos que no usaba y que nos los regalaría para que no anduviéramos con esos trapos yapados. Rio, se emocionó, bebió hasta el límite de la resistencia al alcohol, siguió riendo junto a nosotras y se durmió en mi falda. Tenía las mejillas hundidas y los pómulos muy altos, parecían la superficie lunar, con pequeños cráteres en su piel de chocolate.

Al otro día, mientras almorzábamos, cuando le contamos, Mamma Mercy nos puso al día sobre todo lo que alguien como ella podía saber sobre Billie Holiday.

—Esa mujer debería ser más rica que un millonario —dijo elevando el dedo fantasma que le faltaba para darle seriedad al asunto, y aseguró que los delincuentes que había amado habían robado hasta su nombre. Nos habló sobre cómo, siendo una niña, había sido violada por un vecino, la cárcel, los chismes sobre su drogadicción, la policía persiguiéndola y todo el mundo dele que te dele a la cantaleta sobre su sexualidad, su pasado, sus merecimientos y qué clase de castigo debían infringirle para darle escarmiento. Era negra, tenía éxito, cantaba mejor que todas las blancas juntas y la farándula estadounidense la amaba. No iban a perdonarle un solo paso.

Le agarramos el gusto a ir al fumadero donde la conocimos. Llegábamos siempre a la misma hora y nos sentábamos en el mismo sillón desvencijado a esperarla. Siempre aparecía con un vestido nuevo, con una sombra para ojos distinta cada vez y ese kohl negro rasgando su mirada como un navajazo. Corría a nuestros brazos entalcados y peludos. Ava y yo éramos muy felices con el regalo de ser distinguidas de entre la gente por una mujer como ella.

—¡Ava y María purísimas, zorras! —decía con los brazos en jarra—. Háganle lugar a esta pobre vieja puta.

Se desmoronaba sobre el sillón y se quedaba con nosotras. Ignoraba a todo el mundo con tal de estar rodeada por sus chicas. Y cada noche, como una cebolla, iba quitándose capas y capas de vestidos hasta dejar al descubierto una semilla herida y sangrante, su corazón, su nombre secreto.

Apenas nos conocimos se abrió de par en par como si fuéramos sus mejores amigas. Nos contó que a veces no podía levantarse de la cama de la tristeza por la separación de su marido Louis, que a costa de su trabajo tenía mansiones en California y coches convertibles, mientras que ella pedía prestado dinero a sus amigos para pagar su renta. No la dejaban cantar en Nueva York en los bares y clubes que la habían consagrado por una estúpida ley que prohibía actuar fuera de teatros a quienes hubieran estado presos más de un año. Ella había estado en la cárcel trescientos sesenta y seis días. Era inexplicable que la misma mujer de vestidos de reina viviera peor que nosotras, dos travestis latinas perdidas en Harlem.

Mientras más asiduos eran nuestros encuentros con ella, más de otro mundo nos parecía su amistad. Un enamoramiento así creo que ni Ava ni yo habíamos tenido nunca, ni por un hombre. Y todo, hasta ese momento, sin haber escuchado ni un disco de ella.

Al tiempo, Ava compró *Lady Sings the Blues* y nos desburramos para siempre, escuchándola una y otra vez sin poder creer que esa fuera la voz de la misma mujer que nos regalaba marihuana y nos pagaba la cerveza.

Llevaba siempre una pulsera de oro que tenía un diamante muy fino y relucía muy bien en su muñeca delgada y oscura. A mí me enloquecía mirar aquel diamante, como los gatos que se enloquecen con un punto de luz. Debo haberla cansado de tanto mirarle la joya porque una noche se la quitó con soberbia y me la puso entre las manos.

—Ten, para que no andes mirando diamantes ajenos como una muerta de hambre.

No se la acepté. Me dio pudor.

Billie andaba por Harlem y toda la bendita Nueva York como si no fuera famosa. Cuando veías su tapado de visón o el fulgor de sus diamantes, entendías que no era la pordiosera que creías que era, con esos pantalones de tweed manchados y agujereados por las brasas del tabaco que caían sobre su falda. ¡Era una estrella! ¡Y andaba de aquí para allá con dos travestis del brazo! Mis amigas, decía, y desafiaba a todos y cada uno de los parroquianos con la mirada.

De tanto verla y compartir porros y pañuelos, a Ava se le ocurrió invitarla a desayunar un día que huíamos de la salida del sol como vampiras. Aceptó y se quedó hasta muy tarde, casi hasta la noche, encantada con Mamma Mercy y nuestras pelucas y vestidos raídos. Raídos pero sensuales, diré a nuestro favor. Y vino a desayunar muchas veces. Después de una noche de ronda, acudíamos a Mamma Mercy como gatas buscando el tazón de leche, justo cuando el cielo se ponía rojo antes de que saliera el sol. Dormíamos despatarradas, con las pelucas puestas y los pitos estrangulados en cinta adhesiva dentro de las bombachas donde escondíamos nuestros tesoritos chilangos. Mamma Mercy nos daba café, bollos de pan con miel y mantequilla, leche caliente, tocino, sándwiches de pollo o huevos rancheros que yo misma le había enseñado a preparar. Después de todos los porros devorados en el fumadero, teníamos hambre como para comernos a la mismísima Mamma Mercy, pero al final, y luego de atacar la mesa como si fuera nuestro último desayuno, nos quedábamos respirando pesadamente mientras los párpados cedían al cansancio. Billie dormía con nosotras, arriba. Juntábamos las camas y hacíamos una gran cama para las tres. Nos echábamos como animales recién nacidos, apenas con los cierres de los vestidos bajados y las pelucas arrojadas de cualquier modo sobre los muebles, como ropa interior en una noche de amor. Al despertar, a la hora del almuerzo, nos sentíamos felices de estar juntas, en esa amistad mucho mejor que un amor.

—Oye, Billie —susurró Ava una mañana de esas en las que amanecíamos hechas un nudo—. ¿Por qué te juntas tanto con nosotras?

—Desde que Louis se fue, no sé en qué ocupar los putos días.

Contaba con pocas amistades además de nosotras. Entre ellas, una guitarrista gigante que la acompañaba en algunos conciertos y que tenía brazos más musculosos y velludos que cualquier hombre. La habíamos bautizado La Gran Lesbiana, pero como no podíamos decirlo así la llamábamos Lagran. Con Ava, bromeábamos sobre lo mucho que nos gustaba esa masculinidad con que tocaba su guitarra, como si estuviera haciéndole cosquillas a las caderas de una chica. Era una buena amiga de Billie, pero no siempre tenía tiempo para estar con ella. A nosotras nos quería mucho y siempre pagaba nuestros tragos. Buenas chicas, nos decía, ¿qué están haciendo esta noche, buenas chicas latinas? No podíamos resistirnos a su encanto. Sospechábamos que era lesbiana, de puro malpensadas que éramos, de puro anticuadas nomás. Pero lo cierto es que era un amor con la Holiday, incluso cuando la otra se ponía bien pendeja por la borrachera. Todos huían, menos Lagran.

Intuyo que Billie gozaba de su soledad tanto como la detestaba, porque se nutría de eso para cantar con el estómago lleno de whisky, litros y litros de whisky. No conversaba con nadie, encerrada y sola. Tal vez había pedido soledad para estar en paz. Y ahora que la tenía, muchas veces no sabía qué hacer con ella. Había que vivir una soledad genuina y total para hacer lo que ella hacía con su voz. A veces canturreaba mientras íbamos por las calles de Harlem y dejaba asomar su talento en apenas un susurro musical. Se nos ponían los ojos en blanco de caminar junto a una mujer así. Ya éramos expertas en su discografía, siempre orientadas por Mamma Mercy, que nos regalaba discos y recortaba notas de los periódicos para nosotras. Y a pesar de la confianza, nunca la habíamos escuchado en vivo. Con orquesta y todo, digo. Nunca la habíamos visto frente a un micrófono. Pero el trabajo escaseaba para Billie Holiday y ella, la verdad, parecía descansar un poco del ajetreo de la exposición, no solo al público, sino a las tentaciones nocturnas.

A veces venía a la peluquería y nos pedía que alisáramos su pelo. Nosotras untábamos todo el largo con aceite de ganso, luego poníamos unos ruleros gigantes, muy tirantes, y la metíamos bajo el secador con una revista en la mano. Intentamos arreglarle las uñas, pero no hubo modo, se las comía, las devoraba, las rumeaba como a un hueso de pollo. Tenía los bordes en carne viva, siempre sangrando por algún lugar de ese cuerpo que, conforme pasaban los días, también iba poniéndose más y más delgado. La maquillábamos como si fuera la muñeca con la que no habíamos jugado de niñas y ella se dejaba hacer, toda sumisión, toda blandura. Llegaba a roncar cuando lavábamos su cabeza.

Tenía el pelo seco y maltratado, pero cuando se soltaba su eterna coleta parecía una amazona recién llegada a Nueva York. Ella prefería llevarlo siempre recogido, trenzado muy tirante. De esa forma, les daba su estiradita a las arrugas alrededor de los ojos y la frente. Tenía un par de dientes picados, pero ¿quién en ese entonces podía darse el lujo de una dentadura perfecta? Solo las estrellas blancas del cine y de la radio. Y a veces ni Humphrey Bogart.

Una tarde llegó a casa de Mamma Mercy con un buen humor que mejoró el aire, a pura risotada. Los niños negros en la calle, jugando a las escondidas, se habían puesto a bromear con ella mientras esperaba que le abriéramos.

—Dice mi mamá que usted es cantante —lanzó uno de los escuincles.

—Si es cantante, que cante —desafió otro escondido tras un poste de luz.

—¡Yo no tengo que demostrarles nada, críos del demonio! —les contestó muerta de risa.

—Denos una moneda entonces. Si no quiere cantarnos, que nos dé una moneda —exigió una niña.

Billie hurgó en su cartera e hizo el ademán de darle la moneda a la niña, pero luego se retractó. Gritó a la ventana de nuestro cuarto:

—Abran de una vez, que me van a desvalijar un par de críos. ¡Hasta enviaron un señuelo! ¡Miren esta preciosidad, los ojos más lindos de América! —Y señaló a la niñita pedigüeña.

Mamma Mercy abrió la puerta.

—¡Más les vale no estar molestando a la señora!

Le silbaban y seguían pidiendo monedas. Billie miró a la que había pedido dinero primero, le guiñó el ojo y dejó caer una moneda dentro de una maceta junto a la puerta para que los otros niños no se enteraran. Desde la ventana, arriba, vimos todo el despliegue del corazón de Billie. La tarde se tiñó de su bondad. Traía verduras y pollo que había comprado de camino y una botella de licor de menta que tenía la intención de acabarse durante la cena. Parecía dar pequeños saltitos en vez de caminar. Le había salido una presentación con una orquesta dignísima en el Onyx, en Harlem. Era un poco clandestina, no haría publicidad, pero sería una gran noche. Lo sabía.

—Vengan a verme. Si las veo entre el público, todo será más fácil. No se preocupen por el dinero, ustedes son mis invitadas.

Allá fuimos con Mamma Mercy y Ava. Antes, Billie pasó por el salón para que la peináramos y maquilláramos y luego se fue a ensayar con el pianista que la acompañaría, que según ella hacía chillar el piano en vez de hacer música. Nosotras la peinamos y corrimos a cambiarnos para ir al bar. Arreboladas, encantadas, fascinadas con la idea de por fin ver a Billie cantar. Esta vez no estábamos travestidas, nos refugiamos en nuestras ropas de hombre para ir a un bar de jazz y evitar los problemas. Tal vez Ava, con su belleza nórdica, hubiera pasado desapercibida; o no, mejor no averiguarlo. Pantalones, camisa, zapatos bajos y unas gotitas de perfume detrás de las orejas para no sentirnos perdidas en todo ese disfraz. Nos habían reservado una mesa ubicada nada más y nada menos que junto a la de Tallulah Bankhead y otras notables de Nueva York. Estábamos tan apabulladas por todo lo que pasaba a nuestro alrededor que no nos atrevíamos a respirar hondo para no cortar el hechizo. Mamma Mercy por fin salía de su cocina. Se había puesto un vestido bonito que encandilaba de lo limpio y nuevo que era. Con un guante de raso, cubrió la ausencia de su dedo índice.

Un pianista blanco, muy joven, amenizaba la espera. De pronto, las luces bajaron y comenzaron a subir al escenario los músicos negros con sus bultos de joyería y sus instrumentos lustrados tanto como sus zapatos y sus joyas.

—Si algo me gusta de los hombres de mi raza, es que visten como gitanos. Mira esos anillos, esos relojes. ¡Cómo brillan! —dijo Mamma Mercy.

—Tranquila —le respondió Ava—. Sale olor a quemado de tu vestido.

Reímos con discreción para no jotear descaradamente dentro del Onyx, tan prestigioso e histórico. Desde la barra venía La Gran Lesbiana, con su guitarrota enorme llevándola por encima de su cabeza. Permiso, permiso, permiso a las chicas buenas, dijo al pasar junto a nosotras. Era tan enorme que bien podría haber trabajado en el puerto como estibadora. Mamma Mercy comentó:

—Si supiera que es lesbiana, hoy mismo le daba la llave de mi casa.

—Es más macho que el más mero mero —contesté.

El dueño del local apareció desde el fondo del escenario, se paró frente al micrófono y habló como un presentador de circo. Era un pelirrojo que les exigía demasiado a los botones de su camisa. Estábamos aterradas de que uno de esos pequeños misiles saltara por la presión de su barriga directamente a nuestros ojos. Sudaba mucho y le temblaban las manos constantemente. Daba la impresión de estar vivo de milagro.

—Señoras y señores, esta noche el Onyx tiene el honor de recibir a la dama del jazz, la única... ¡Lady Day!

Bajó de un salto y luego del aplauso y el silencio de la expectativa apareció ella, vestida de satén rosa, el pelo recogido en un moño, muy tirante hacia atrás. Cuando la peinamos por la tarde nos gritó que tiráramos más al hacer la trenza y pusiéramos cera encima para que brillara y no se escaparan los pelitos rebeldes que coronaban su cara. Nosotras tirábamos como si estuviéramos ciñendo un corsé. Unos pequeños aros de strass pendían de sus orejitas de ratón. Me gustaría poder escribirlo bien, poder contárselo a ustedes del mismo modo en que lo sentí yo, pero soy muy tonta, sepan disculpar. Me faltan palabras para decir lo sagrada que fue esa noche. Los músicos la miraban con respeto, como esperando a un ángel. Yo me sentía Juan Dieguito frente a la Santísima Guadalupana el día de su anunciación.

La primera canción fue sobre un amante que llegaba con la camisa marcada por el labial de otra. Ella le pedía que no le explicara nada, que subiera a quitarse la camisa, estaba contenta porque su hombre había regresado. La cantó balanceándose frente al micrófono como un junco al viento. Nosotras escuchábamos azoradas. Tuve que esconder mi rostro para no llorar. La segunda canción fue sobre los vientos que parecían soplar en nuestra contra con bravura. La tercera, un swing muy suave, apoyado en esas caricias que el baterista hacía a sus platillos, algo para perder el sentido. Ava estaba petrificada mirando esa aparición, la de Billie Holiday, sola bajo la luz amarillenta.

—El pianista no da pie con bola —me susurró Mamma Mercy, pero no le presté atención.

Las baladas eran como si salieras a andar en bicicleta por una ciudad vacía, de noche. Así de suaves. Era como si esos negros nos sostuvieran sobre su música, y me sentía tan liviana, tan imposiblemente liviana que la carne cruzó mi pensamiento y me asqueé, me asqueé de no *ser* música, no sé si me entienden. No música para tocar algún instrumento, sino *ser* música, *ser* una canción al menos, y no una persona. Me puse triste porque tenía un cuerpo, un cuerpo que no me pertenecía, que no podía vestir como quería, ni perfumar como quería, ni nombrar como quería. Estaba ahí, con mi cuerpo de hombre, vestida como tal, junto a Mamma Mercy y Ava, que tenía los ojos celestes ahogados de lágrimas, y me sentí triste. Pero su voz… *«Cielo, estoy en el cielo…»*, era como una nueva posibilidad, la de vivir sobre esa música. *«Cuando bailamos juntos mejilla con mejilla…»*.

Era lo más refinado, más exquisito, más terriblemente único que podía hacerse sobre la tierra. ¿La han oído alguna vez? Es música para poner cuando sale el sol, cuando calienta la mañana, cuando la comida está en el fuego, cuando muere alguien, cuando te acuestas con alguien, cuando lloras por alguien, cuando te vas a dormir, cuando celebras el día de tu santo, cuando celebras tu muerte, cuando viajas, cuando echas de menos a tu madre, cuando tienes hambre, cuando bebes y hasta para dormir, como una canción de cuna. Y lo supe con todo mi cuerpo que odiaba, pero que amaba también, porque me lo estaba diciendo ahí: «Óyeme, María, nunca más escucharás una música como esta, una verdadera misa negra, nunca, nunca más este momento se repetirá en la historia».

Ella continuó como si estuviera sola en el lugar, mientras nosotras apurábamos bourbon tras bourbon que pensábamos pagar sin chistar, a pesar de que Billie nos había advertido que ni se nos ocurriera, que todo corría por su cuenta. Tenía los ojos cerrados, con los brazos ateridos al costado de su cintura, chic, chac, un chasquido con los dedos que siempre daba en el clavo. Al terminar cada canción extendía sus brazos en cruz. Solo le faltaba levitar.

Carraspeó entre una canción y otra, y rio también porque se había equivocado de balada. Arrancó cantando una cosa y resultó que era otra. Le gritó al pianista:

—¡Hijo de puta, podrías hacer una introducción diferente! —Los ojos estaban a punto de salírsele de la cara, resoplaba como un toro, pero se puso la mano en el vientre y continuó—. Esta canción es para dos señoritas que están conmigo esta noche, quiero un aplauso para ellas.

La gente aplaudió como si la orden la hubiera dado el mismísimo Pío XII, y nosotras por poco nos mojamos los rebozos (que imaginábamos sobre nuestros hombros) por la emoción profunda que nos provocó que Billie Holiday nos guiñara el ojo desde el escenario como diciendo: «Son ustedes, travestis tontas».

Iba por la sexta canción y todo el mundo comenzó su clamor: «¡Fruta extraña! ¡Fruta extraña!». Y con Ava pensamos que era un buen piropo.

—Ok, esta canción es muy especial para mí —dijo ella. La trompeta sonó con tanta fuerza que prácticamente nos peinó a todos los que estábamos sentados cerca del escenario. Tallulah gritaba: «¡Mi amor! ¡Mi reina!», tan desaforada que pensamos que se iba a morir de un infarto ahí mismo.

—¡Esta mujer está al borde de un soponcio, Dios mío! —gritó Ava.

Pero Billie cantó y fue la primera vez que escuché hablar de verdad sobre la matanza de los negros. Negros que colgaban de los árboles como frutas que lanzaban al aire olor a carne quemada. Una amarga cosecha. Y nosotras que pensábamos que era un piropo lo de «fruta extraña». Nosotras, que a pesar de haber hecho un curso acelerado sobre la obra de Billie Holiday, seguíamos siendo brutas.

—Yo también soy fruta extraña —susurré sin que nadie oyera.

Las tres nos abrazamos y ya no nos importó que nos vieran llorar. Jotos y lágrimas. Billie terminó la canción en un grito y con los ojos vidriosos y extenuados, como si se hubiera quedado sin fuerzas para seguir cantando. Todo el lugar se vino abajo en aplausos y ovaciones, salvo por dos hijos de puta que estaban apoyados en la barra. Bebían vino y a los gritos soltaban sus groserías, sus insultos a la orquesta, purititas provocaciones a los mozos del lugar y las señoritas que pasaban cerca de ellos. Quienes estaban en las mesas pedían silencio por favor, y ellos respondían buscando el pleito.

«*Todo lo que tengo es tuyo*», continuó, y antes de que llegara al estribillo los dos tipos groseros que estaban en la barra levantaron la voz y gritaron:

—¡Policía de Nueva York! —Lo hicieron con tal autoridad que Billie se calló y desapareció en un parpadeo tras el escenario—. No tienen autorización para este espectáculo —aulló el policía más viejo.

El dueño del lugar se puso a hablar con ellos y Mamma Mercy murmuró su rosario de maldiciones: mal nacidos, hijos de mala madre, mal nacidos hijos de puta. Yo me preparé para romper una botella con el filo de la mesa y defender a Billie si la arrestaban, y sabía que Ava me seguiría en la contienda.

La cosa no pasó a mayores porque Billie Holiday desapareció en un automóvil que derrapó por las calles de Harlem y terminó en casa de Mamma Mercy. Había roto la puerta para poder entrar y estaba sentada a la mesa cuando llegamos.

—Lo siento por la puerta, mañana la mandamos a arreglar.

Estaba deprimida porque no había podido terminar el concierto.

Hicimos café en una olla renegrida y nos contó que necesitaba un lugar donde refugiarse, que siempre sucedían cosas como esas, que la policía la tenía muy marcada, que la perseguían hasta cuando iba al baño. Querían dejar en claro que se ocupaban del narcotráfico y castigar a Billie era útil para aleccionar. La policía parecía decir: «Miren, arrestamos a Billie Holiday para que vean que somos imparciales». Billie juró y perjuró y cruzó las manos y se las apretó con fuerza cuando nos dijo que estaba limpia. Que solo consumía alcohol. Que el tiempo de la heroína había quedado muy lejos.

Mamma Mercy ya le había preparado una cama con sábanas limpias y un baño caliente antes de que terminara el relato de su penuria. Al atardecer del día siguiente, fuimos con Ava a su apartamento a buscar vestidos, maquillajes, sus dos tapados de piel más costosos y un rollo de dólares escondido detrás del inodoro que no nos atrevimos a contar, pero que parecía mucho dinero.

Ava y yo nos dividimos los turnos en la peluquería. Ella trabajaba por la mañana y yo por la siesta, de modo que siempre había alguien acompañándola en casa cuando Mamma Mercy salía a hacer sus compras o visitar a algún enamorado.

—¡Mis guardaespaldas son dos mariposas! —se desternillaba de risa—. Si Louis llegara a venir por aquí, nos molería a golpes a las tres.

Contaba que Louis era un negro de mano pesada. Que lo había visto moler a golpes a boxeadores y a matones más peligrosos que él. Que ni una pared de cemento resistía los golpes de ese hombre suyo.

—Lo recibo con este palo de amasar —decía Ava, y blandía con dificultad el gran palo de amasar de Mamma Mercy, que ya tenía en su prontuario unos cuantos cráneos partidos.

—Pero, cariño, no lo puedes levantar. ¡Eres tan mariquita que tienes menos fuerza que una mujer! —respondía ella ahogada de risas.

Se levantaba muy temprano en la mañana y sintonizaba una radio donde se escuchaba ópera hasta entrada la tarde. Preparaba el café y nos ayudaba a organizar nuestros bolsos para irnos al salón, y casi no salía a la calle.

Ningún ex marido vino a buscarla. Ningún dealer golpeó nuestra puerta. Ni siquiera Lagran, su guitarrista, se apareció jamás. Solo Mandy, la vecina de la esquina, olió algo y se atrevió a preguntar qué era eso tan misterioso que sucedía en nuestra casa, por qué ya no se nos veía por el barrio y por qué ya no íbamos a los fumaderos y qué le pasaba a Mamma Mercy que apenas asomaba la nariz para las compras, que ahora hacía una vez a la semana.

Como sabía que se retorcía de envidia por cosas como esas, le dije enarbolando el pañuelo de mi amaneramiento:

—Escondemos a una estrella del jazz del asedio de los periodistas.

—No lo creo —respondió Mandy.

—Ven a verlo con tus propios ojos. Di que estabas preparando buñuelos y te quedaste sin aceite, que si podemos prestarte un poco.

Y a la tarde se apareció y Billie le abrió la puerta, pero como era una ignorante de esas que abundan, no supo quién era.

—Mentiste, no era ninguna famosa, era una negra cualquiera —me reclamó Mandy al otro día, cuando me interceptó camino al salón para relevar a Ava.

Habíamos perdido ya la cuenta de los días, las semanas que Billie llevaba como huésped de honor en nuestra casa. Parecía que siempre habíamos vivido juntas. Sin embargo, una tarde en la que estaba reemplazando a Ava que se había ido a desenterrar tesoros de las braguetas de los negros, Mamma Mercy entró al salón de belleza como una estampida de bueyes. Todas las clientas dieron un grito de espanto al verla con esas caderas que amenazaban con tumbarlo todo, los ojos como huevos estrellados y el corazón a punto de asomarse por la boca.

—¡Niña! ¡Pero qué te traes entre manos! ¡Parece que hubieras visto un demonio!

—Es Bi... Bi... Es Billie. Se puso mala.

—¿Qué quieres decir con que se puso mala? —le pregunté.

—Se puso a morder el borde de la mesa y a gruñir como un animal.

Le dejé a mi asistenta la cabellera de la clienta que tenía entre manos a medio terminar y fui corriendo con Mamma Mercy hasta la casa. Casi morimos infartadas por tanto correr.

Entramos como una estampida, el joto superado por el drama y la matrona culona siempre dispuesta a ayudar. Llamamos a Billie, primero tímidamente y luego a los gritos, pero la muy desgraciada no aparecía por ningún lugar. Estaba aterrada de encontrarla muerta, o no sé, que la hubiera llevado Louis a la rastra.

Subimos hasta el cuarto de baño y allí la encontramos metida en la bañera hasta el cuello. Ahogada en vapor, el agua estaba casi a punto de hervir. Billie no se había desnudado, tenía puesto su suéter blanco y ese pelo de lástima, todo quemado de tanto plancharlo con hierro caliente. El vapor que salía de la bañera nos hacía arder el rostro.

Mamma Mercy se quedó tiesa frente a la imagen de la dama hirviendo en la bañera.

—No se asusten —nos dijo Billie.

—Esa agua está muy caliente, amor —contesté.

—No te asustes. Está bien, puedo soportarla.

—¿Estás temblando?

—Me dieron ganas de un poco de caballo.

La sacamos entre ambas como si estuviéramos ayudándola a nacer otra vez, empapada, pobrecita, con esas piernecitas de nada, con las rodillas arrugadas como una cara muy vieja, con esos bracitos de papel y ese temblor que le venía de muy adentro. La secamos, la cubrimos con su bata recién planchada y la sentamos junto a la cocina a leña, donde pusimos a hervir un dignísimo pollo amarillo.

Luego de cenar, Mamma Mercy se sentó con ese culo continental en el descuerado sillón que le había heredado una ex patrona blanca, a beberse su brandi y fumarse un tabaco de hojas negras y mohosas. Estuvo largo rato riéndose del estupor de las clientas al verla entrar. Luego llegó Ava, agotada de buscar tesoros en las braguetas de los negros. Peinamos lentamente nuestras pelucas como cada noche. La Holiday, muy cansada, fue a echarse en el regazo de la dueña de casa. La amistad hizo silencio entonces, cada una con su propia música. Mamma Mercy, quién sabe, Billie, quién sabe, Ava, quién sabe. Pero mi música, de la que sí puedo hablar, era el sueño de una casa en Florida, cerca de los ríos y el mar, ponerme flores en el pelo y amar a un hombre y a otro y a otro, y no desesperar nunca por ellos.

Debe haber pasado toda una vida hasta que Mamma Mercy nos envió a dormir a todas. Billie se sacudió un poco molesta.

—Me cago en mi puta madre —dijo. Se había orinado y había mojado toda la bata y el sillón.

Un día salimos todas juntas vestidas con lo mejor del guardarropas de Billie. Eran tantos los brillantes, canutillos, mostacillas, lentejuelas, piedrecitas, cristalitos, que nos sentíamos como avenidas de São Paulo. Fuimos a tomar cerveza a un bar frecuentado por viejos zorros del jazz. Billie quería cruzarse a Lester Young, su melancólico Presidente. Lester era un negro de ojos muy tristes que tocaba con su saxofón el blues más refinado que puedan imaginarse. Un tipo temeroso y sensible, como esos que ya no fabrica Dios. A mí me gustan los tipos que saben sentir miedo.

—Así es Pres —nos dijo Billie—. Lo extraño. Estoy metida en esta mierda sin él, sin mi madre, sin mi esposo…

En uno de los recortes del periódico que Mamma Mercy coleccionaba para nosotras, había una nota que se titulaba: «¿El final de una amistad?» y llevaba una fotografía de Lester Young y Billie en un estudio de grabación. Era reciente, ella estaba muy parecida a como la conocimos. Él se ríe en la fotografía, en plan de broma, y ella está argumentando algo, apasionadamente, tal vez un reproche, con el cigarro entre los dedos. La nota precisaba los dos rumores que corrían sobre ellos. Uno que afirmaba que Lester estaba enamorado de la madre de Billie y no le perdonaba las peleas y los espectáculos que Lady Day le montaba a su mamá cuando se enojaba. Incluso precisaba que ambas llegaban a la violencia física y que más de una vez, a la vista de todo el mundo, se daban sus buenos cachetazos.

Nosotras no lo creíamos del todo y tampoco era algo que nos importara cómo se había vinculado nuestra amiga con su madre. Pero según la prensa del corazón, esta era una de las razones por las que el saxofonista de miel, otro remilgo para no repetir Lester Young, se había alejado de la Holiday.

La noticia continuaba describiendo el segundo rumor, mucho más cruel, y era que Lester estaba perdidamente enamorado de Billie y ella no lo veía como un posible compañero. Lo había rechazado riéndose de él, que ni loca podría darle un beso, que nunca lo había visto con otros ojos más que como un «amante musical» y que eso debía bastarle. Lo cierto es que no se hablaban, pero en el recorte que Mamma Mercy nos había guardado, nadie se lamentaba por ello.

Como sea, cuando Billie lo nombró esa noche, sus ojos latieron como un corazón. Y allí fuimos las tres. Ava y yo muertas de miedo, porque se nos había cruzado un gato negro nomás al salir de casa y eso era muy mal augurio. Y qué tal que vamos a beber cerveza al bar de los negros notables y registro cómo un rubiecito de nada, más blanco que la leche, con las mandíbulas como excavadora mecánica, levantaba su copa pidiéndome así brindar conmigo a la distancia.

—¡Es Gerry! —gritó Billie, y con su voz de pollo incomodó a todo el bar—. ¡Ven a sentarte con nosotras, hijo de la gran puta!

Gerry se acodó en nuestra mesa, nos miró largo rato a los ojos, a una, a otra y a otra, y le dijo a Billie:

—Louis te busca. Dizque le debes un tapado de visón.

—Me lo regaló con mi propio dinero, no le debo nada. Lo vendí. No tenía para comer.

—Dijo que iba a dejarte los riñones como un puré si no aparecía el visón o el dinero del bendito visón.

—Se lo vendí a esta guapa señorita que está aquí conmigo —respondió ella y apretó la rodilla de Ava, que entendió la indirecta.

—Tienes que cuidarte un poco más. Con Webster queremos juntarnos, hacer algo, y quisiéramos que estuvieras.

Esa noche Lester no apareció y Billie se desencantó de la vida. Le pasaba a menudo, por otro lado. Podía ser la mujer más alegre y de repente la más triste. Se cruzaba en la calle con un niño que le sonreía y lo tomaba entre sus brazos y corría a comprarle caramelos y lo cubría de besos y de su risa entabacada. O de bien que estaba decía «Bueno, ora se terminó», y se ponía a limpiar toda la casa de punta a punta y de arriba abajo hasta dejarla como un espejo, a la velocidad de la luz. Y así, con la misma ligereza, se tumbaba en un sillón a terminarse una tras otra botella de ginebra hasta quedar inconsciente.

Y esa noche que no encontró a Lester quedó amargada.

A la semana nos avisó que volvía a su apartamento, que si Louis no la había encontrado en todo ese tiempo, ya no volvería por ella.

—Seguro está intentando sacar un dólar del culo gordo de Ella Fitzgerald. Va a dejarme tranquila, estoy segura —dijo.

Y antes de dejarnos, nos mandó a llevarle a Sarah Vaughan, a la puerta del teatro donde cantaba, una misteriosa caja chata envuelta primorosamente en un terciopelo azul Francia. Nosotras, que para hacer el mandado fuimos nosotros, cumplimos en llevarla y entregarla en mano a Sarah, que se comportó, hay que decirlo, como un ángel de sonriente amabilidad.

—Es un presente que le envía Lady Day, señorita Vaughan.

—Ay, qué será, viniendo de esa chica… esachicaesssachica —dijo sin dejar de sonreír en ningún momento.

Nos despidió la mar de amor y besos y nos dijo que siempre necesitaba una mano con su pelo, que nos llamaría para que la peináramos, que envidiaba el modo en que Billie iba siempre por ahí, con el pelo impecable: «True star», dijo.

Billie nos confesó que le había mandado el calzoncillo del marido de Sarah, tal y como lo había olvidado en su cama unos meses atrás, con una nota que decía: «Un piano de por medio, la canción que quieras, hasta que una de las dos se canse».

Billie se desternillaba de la risa imaginando la cara de la pobre Sarah Vaughan al descubrir cuál era el regalo que le enviaba, y a pesar de lo bien que nos había caído, acordamos en que lo tenía merecido después de que Billie nos dio las razones de su maldad. Contó que al salir de la cárcel se sentía sola y perdida en Nueva York y quiso buscar caras conocidas, viejos afectos, y fue a buscar a Sarah al teatro, como cualquiera de ustedes o incluso yo haríamos, buscar a una amiga después de la desgracia.

—Cuando cantaba en antros de mala muerte con ropa de mendiga, le mandé dos de mis mejores vestidos para que, al verla vestida como una estrella, la trataran como a una estrella.

La defendía de la policía cuando comenzaban a perseguirla por asuntos con las drogas. Y tenía el errado convencimiento de que eso era la amistad. Pero, en vez de una amiga, la noche que fue a buscarla al teatro después de haber estado presa, se encontró con un muro de cemento que le negó el saludo. Años después la muy cabrona se justificó diciendo que se lo había pedido su marido. Por el bien de su carrera, no era conveniente que la vieran con una mujer que había estado presa.

—No sé por qué nos castigan cuando deseamos venganza. La gente no respeta el sufrimiento —agregó al final de la risa.

Cuando se fue, la casa se vació como si hubiéramos mudado todo su interior a otro lugar. Regresó a su apartamento sin otra defensa más que su tenacidad. Partió, solita con sus petates y una cesta con panes que horneamos para ella y jamón y queso y frutas, y tomó un taxi que la hizo desaparecer calle abajo, lejos de nuestra alianza.

Pasaron al menos cuatro meses hasta que volvimos a verla. Habíamos comenzado a sospechar que algo andaba mal al ver que no se presentaba a cantar en ningún sitio. La buscamos por todos los bares y fumaderos posibles, sin resultado y siempre con el corazón en la boca, como quien dice.

Íbamos hasta su casa y nada. Hacíamos guardia en la puerta día y noche sin suerte. Ava inauguraba la espera al mediodía y yo la relevaba por la tarde, dábamos vueltas alrededor de su manzana, íbamos, veníamos, siempre con la idea de que a nadie le gustaba ver a un joto deambular por su vecindario. Tocábamos el timbre y nada, y cada día que pasaba sin encontrarla el corazón se nos subía unos centímetros más a la garganta. Hasta que una noche finalmente volvió al fumadero donde la habíamos conocido. Macilenta, como un alga pesada agarrada al lecho del río, la piel de su rostro cada vez más estragada, sin mejillas, más bien una hondonada bajo los ojos, los dientes más picados todavía. Pesaba diez kilos menos, estoy segura. Tenía los hombros descubiertos y un hueso como ala de gárgola sobresalía de ellos.

—Desayuno y ceno ginebra, ¿qué quieres que haga? —se excusó.

Y otra vez armó su porro descerebrante y se apartó de todo el chingo de admiradores que la rodeaban. No estaba del todo cómoda en el lugar. El fumadero había cambiado mucho en pocos meses y sus parroquianos no nos resultaban familiares. Los negros y los blancos ya no parecían esconder tesoros en su ropa interior. Daban la impresión de tener la entrepierna llena de alimañas y reptiles ponzoñosos. Nos pidió que la acompañáramos a su casa.

—Tengo unas cosas que quiero regalarles —dijo.

Allá fuimos, a un apartamento de nada, que daba pena de lo vacío que estaba. Apenas una mesa de pino y tres sillas desvencijadas que amenazaban con soltarte la mano en cualquier momento, un tocadiscos, un par de discos apilados en una esquina, una foto de ella y su chihuahua. En su heladera una botella de leche había comenzado su lenta transformación en un queso agrio y su cama no tenía más que un par de abrigos que oficiaban de edredón sobre las sábanas. Sus vestidos, sus zapatos, la poca bisutería que conservaba, todo estaba desperdigado por el apartamento como señales de tránsito, como cartelitos de ayuda memoria, rastros para no perderse en esa pobreza que antes fue pura opulencia.

—Malos amores —masculló.

Puso uno de sus discos, de varios años atrás, con una voz mucho más joven y prístina que la de ahora, y ahí nomás comenzó a preparar un pollo a la cacerola.

—Vamos a desayunar, *ladies* —dijo.

Nos contó que el productor de su nuevo disco había pagado una coima para que la dejaran cantar en tal bar, del que ahora no recuerdo el nombre.

—Pensé que nunca más cantaría, pero si haces eso te mueres.

Tenía que promocionar sus canciones, pero le costaba muchísimo estar sobria, y más con los acompañantes que encontraba siempre a última hora, músicos novatos que le pedían la nota en que debían tocar y no eran capaces de seguirla en sus laberintos musicales.

Mientras la olla hacía magia con ese caldo y ese pollo, ella fue hasta su cuarto y trajo varios vestidos que le quedaban grandes.

—No creo que vuelva a engordar a esta altura.

Comimos el pollo a la cacerola y luego, como si hubiéramos sido hermanas, nos llevó a su habitación y sacó un papel abollado de abajo de su cama. Una cama de una plaza cubierta con sábanas llenas de quemaduras por las brasas del cigarro. Abrió el papel y nos lo enseñó: «Vas a pagarme con sangre cada centavo perdido».

—Louis vino de visita hace unos días. Pateó la puerta queriendo entrar, pero la puerta muy jodida no cedió. Entonces me escribió esto.

—¿Por qué no vendes tus pieles y le das el dinero? —preguntó Ava.

—Porque pensaba heredárselas a ustedes —respondió encogiéndose de hombros.

No lo hubiéramos aceptado. Insistimos en que vendiera al menos el visón, que según decían costaba unos dieciocho mil dólares, pero ella prefería hacerlo arder antes que darle dinero a su ex marido. No, señor.

Después de esa noche ya no nos resultó difícil encontrarla, y alguna vez fue a visitarnos a casa de Mamma Mercy porque extrañaba nuestros chilaquiles por las mañanas y nuestros pozoles al mediodía. Hacía bien, eran las únicas ocasiones en que se alimentaba decentemente. Y aun así, siempre en los puros huesos, nos rescató de la noche más humillante de nuestras vidas. Nos detuvo la policía en un fumadero y nos tuvieron desnudas en el patio de la comisaría, atadas a un mástil como mártires indignos, tirándonos agua helada una y otra vez, gritándonos las peores barbaridades que ustedes puedan imaginar. Y cuando nuestra dignidad ya no tenía más resto, escuchamos un alboroto que venía desde las oficinas y se anunciaba como el fin del mundo y supimos que era ella que había venido en nuestro auxilio. Le habían contado los barrenderos de nuestra detención en un fumadero esa misma noche.

Exigió inmediatamente nuestra liberación y ofreció pagar una cena a todo el ayuntamiento mientras más rápido nos pusieran de patitas en la vida. Nos había llevado ropas de hombre que suponíamos eran de Louis.

—Además, estos hijos de puta llevan puestos vestidos que son míos. Se vienen conmigo —les dijo a todos los que pudieron oír, con un tono que no admitía negativas.

Nos fuimos a su casa esa noche y dormimos tiradas en el suelo sobre un montón de vestidos, cartas de sus admiradores y abrigos.

Una tarde Ava estaba cuidando a Mamma Mercy en casa por una enfermedad vergonzosa. Se había pegado una venérea con su amante, don Leonardo Muñiz, un colombiano que intentaba hacer historia en las calles de Harlem con su acordeón de alto voltaje. La golondrina negra, le decíamos, porque iba y venía de un pueblo a otro con el cambio de las estaciones. Seguro que había cometido algún desliz en sus giras eternas y Mamma Mercy pagó las consecuencias. La penicilina la tumbó en la cama y casi la puso a delirar, de manera que una de las dos debía cuidarla y hacer la limpieza de la casa.

Yo estaba en la peluquería, intentando dar volumen a los tres pelos locos de una clienta que dejaba buenas propinas. Merecidas, claro, porque había que hacer magia con la pelusa de su pelo. Mientras cardaba y ponía fijador, comencé a ponerme triste. No sabría decir cómo pasó, pero fue de un momento a otro. Con el cráneo de la viejita entre mis manos tuve un mal presentimiento. Soy una travesti intuitiva, es como si el aire me hablara y me contara cosas. Continué, a pesar del escalofrío, dele que te dele con la melena de la octogenaria.

No sé si les dije con qué nombre me conocían en el salón. Pero se los recuerdo, por las dudas: Carlos. Mi nombre de varón es Carlos Montoya. Por fortuna, las clientas me decían Charly y a mí me gustaba cómo sonaba en sus bocas: *Chooorli*.

Perdón, no los distraigo con mi desconcentración. Estoy ahí, escuchando a mi clienta lamentarse porque sus hijos solo la visitaban para pedirle dinero, y entra La Gran Lesbiana con una expresión de locura en la cara, igual que Mamma Mercy cuando Billie se metió en la bañera con agua hirviendo. Estaba aterrada, la pobre criatura.

—Busco a María —gritó desde la puerta, y todo el mundo dentro de la peluquería torció su cabeza para verla.

—María es amiga mía. ¿Quién la busca? —interrumpí y ella me reconoció al instante.

Se acercó y me habló muy cerca de la oreja. Yo, con el cepillo redondo y la laca en ambas manos, como una cruz de esteticista para protegerme de lo que pudiera decirme:

—Billie te necesita. Está pidiendo por ti.

Anuncié que una amiga estaba en serios problemas y, sin esperar a que nadie me diera permiso ni preocuparme en buscar quien terminara la cabeza de la vieja pelona, tomé mis cosas y corrí en dirección a casa de Billie como nunca había corrido y como nunca volvería a correr por nadie. La Gran Lesbiana quedó en la puerta del salón de belleza con un susto que la llevaba el diablo.

Llegué a casa de Billie sin asentar los huaraches en el piso. Me detuve en seco cuando estuve frente a su puerta. Llamé.

—¿María? —preguntó.

—Sí, amor mío.

Vino a abrir la puerta.

—Pasa de una vez, vieja zorra.

Al entrar, ella estaba con un trozo de carne sobre el ojo. Llevaba el pijama ensangrentado. El apartamento estaba a la miseria, como si hubiera pasado un tornado. No había más tocadiscos, ni radio, ni discos, ni visones, ni estatuillas. Había, eso sí, un vaso de licor de menta sobre la mesa. Había, eso sí, una jeringa y un plato. Llevaba una bata de matelassé color rosa viejo y, por supuesto, nada debajo. Había también un olor a yodo muy desagradable, como de hospital, un olor mortuorio.

—Fue terrible, María. Me arrojaba contra las paredes como una pelotita de goma.

—¿Nadie vino?

—Intenté gritar, pero me tapó la boca y me pegó en el estómago.

Ay, Billie, amor mío. Tenías que quedarte con nosotras. Habríamos repuntado tu carrera, habríamos jurado frente a todos los jueces, habríamos llorado, habríamos juntado firmas, incluso habríamos incendiado el puto mundo para que no tuvieras que pasar por todo eso. Así, lejos de nosotras, era cierto que estabas en peligro.

La llevé a su cuarto. Todo su cuerpo olía a licor de menta. La recosté sin quitarle el trozo de carne del ojo.

—Para que se deshinche —murmuró.

—Todo va a estar bien. No hables mucho. Tengo que llamar a un doctor para revisar si tienes algún hueso roto.

—Lo sabría. No llames a nadie… —Se detuvo para respirar. Los cardenales ya comenzaban a revelar sus manchas violetas y verdosas, en los brazos y en las piernas—. Quédate conmigo y no llames a nadie.

Me senté en el suelo junto a su cama y escuché su respiración pedregosa largo rato. El miedo cedió terreno a la calma y yo también comencé a respirar más tranquila. Pensando en que debía ir a casa a avisar lo que había pasado, relevar a Ava, que ella viniera aquí. Cocinar para Mamma Mercy, que estaba también agonizando.

Pensé en ir a buscar al ex marido de Billie, vestida de negro, camuflada en la oscuridad, y esperarlo el tiempo que fuera necesario, esperarlo en la negritud, y al verlo no darle tiempo ni para parpadear. Partirle la madre por hijo de puta. Pegarle sus buenas patadas en el culo por atreverse a hacerle aquello.

De pronto, Billie comenzó a sollozar, con una gravedad de final del cuento.

—Se llevó el visón que quería regalarte —sollozó y se quitó la carne del ojo.

Se veía muy feo. No podía abrirlo, estaba amoratado e hinchado como una ciruela. El párpado era una pelota y tenía sangre seca en la frente y la sien.

—Shhhh, cariñito amado, shhhh…

—María…

—Qué…

—Eres como las caricias, ¿lo sabías? Eres toda una preciosidad… una preciosidad.

—Shhhh…

—Eres agradable, haces que las mujeres se vean bonitas, y cuando te pones los vestidos brillantes pareces Frances Farmer, con esa peluca rubia que te queda tan bien.

Tosió y se le escapó un quejido tan angustiante que el apartamento se estremeció.

—Ya no hables, te va a hacer bien dormir.

—Esa noche en el Onyx… te miraba desde el escenario y veía cómo se llenaban tus ojos de lágrimas…

—Bueno, ya, Billie, ya estuvo bien. Duerme así puedo salir a hacer una llamada por teléfono.

—No me dejes sola.

—Tengo que avisar en el salón de belleza que estoy bien y que alguien le avise a Ava para que venga a ayudarnos.

—Pero yo quiero estar contigo.

—Shhhh…

—Quiero que me abraces.

Entonces sentí su mano huesuda pasar por la superficie de mi mejilla, mi mandíbula que rogué no estuviera áspera por la barba, por mi cuello, y fue directo a pellizcarme un pezón.

—Fue muy feo, María. Me golpeó, escupió dentro de mi boca, orinó sobre mi ropa.

—Ya está, ya pasó, apenas puedas tenerte en pie te vienes a casa con nosotras.

Hizo silencio incluso con su respiración.

—Quiero que me hagas el amor.

—Virgen Santísima de la Guadalupana, qué cosas dices.

—Hablo en serio. Necesito que me hagas el amor, que me abraces, que te desnudes junto a mí.

—Basta, no hace gracia. Ya basta con la chingadera.

Pero sus manos siguieron acariciándome, enredándose en mi pelo, mi poco pelo de varón. Se incorporó sobre la almohada, emitiendo otro quejido, pero esta vez entre sexual y agonizante, y me besó en la boca y yo sentí el olor de su sangre y tuve náuseas.

—Hablo en serio.

—Pero no soy un hombre, cómo puedo hacer eso.

—No necesito a un hombre. Necesito a mi amiga, a María… que me acaricie María.

Y desprendió mi camisa, botón por botón, con el arrullo de sus pulmones de anciana cantándome muy cerca de la boca, y luego metió su mano dentro de mis pantalones y se me cayeron las lágrimas, y ella me dijo que me tranquilizara, que no estábamos haciendo nada malo. Y sin darme cuenta estaba desnuda junto a ella, con mis pezones sin depilar y encuerada, y ella con ese cuerpecito cadavérico lleno de cardenales que el hijo de puta de su ex marido le había dejado como souvenir.

Ella seguía susurrándome cerca de la boca cosas que no entendía pero que me mareaban por el olor de sus palabras, y de repente estaba dentro de ella, penetrándola, queriéndola, acariciándola con sumo cuidado para no hacerle doler, y ella estaba muy quieta, con el ojo que podía abrir muy abierto, mirando dentro de mí misma, conociéndome entera. Todo olía mal en la habitación, incluso mi vergüenza tenía un hedor particular, algo inolvidable, como la noche en que nos rescató del ayuntamiento. Y yo no entendía qué pasaba con mi cuerpo, por qué esa rebeldía de tener un pito duro justo ahora y con ella. No identificaba ninguna sensación, no reconocía nada de lo que sucedía allá abajo y allí dentro. Pero continué moviéndome con mucho cuidado mientras ella abría la boca y se quejaba.

—Voy a acabar —le advertí.

Fue muy breve, como un golpe.

Acabé y lloré sin saber por qué. Ella quedó exhausta y se durmió. Yo me vestí, salí en puntas de pie y regresé a casa.

Lloré también mientras contaba a mis concubinas cómo había encontrado a Billie, pero no les conté sobre mi torpe consolación. Ava fue a cuidarla esa noche y luego se turnó con La Gran Lesbiana. Creo que Carmen McRae, que era de las pocas amigas que le quedaban, también acudió. Así hasta que el ojo se deshinchó y los cardenales desaparecieron.

No volví a visitarla. Ava me mantenía al tanto de todo. A veces le enviaba con ella cartas que Billie nunca respondía. Sabía que estaba herida con mi desaparición, pero no podía hacer otra cosa. No podía superar lo que habíamos hecho juntas. Lo que me había hecho hacer. Hizo añicos frente a mis propios ojos tapatíos cualquier idea tranquila que pude tener sobre el amor. La serpentina bailó frente a mis ojos y yo la penetré, ¡a una mujer!, y sentí que todo mi derrotero de joto no valía nada. Tanto sufrir para ser una mujer y terminé en la cama con una y para colmo haciéndole el amor.

De bien que estaba en el salón trabajando o en casa, se me aparecía el recuerdo de su cuerpo, de su vagina como un higo oscuro partido a la mitad. Llena de semillas por dentro. Fue como hacerle el amor a un enorme higo que respiraba con dificultad y daba gritos. Tenía que encontrar la salida a esos pensamientos porque estaba volviéndome loca. Qué vergüenza.

Ava iba y venía, iba y venía, se ocupaba de ella por las dos, cubría mi ausencia, digamos. Y en esas idas y vueltas de su casa a la nuestra, como si el hecho de cuidar a alguien le diera tranquilidad para enfrentar su destino, decidió dejar en un cajón su ropa de varón y se atavió con los vestidos definitivos, los que no se sacaría nunca más.

A veces tenía intenciones de preguntarle si Billie, digamos, se había propasado. Pero no me animé. Si lo hizo, Ava no sintió que fuera razón suficiente como para alejarse.

Mamma Mercy también la visitaba con regularidad. A veces iban las dos. La acompañaron a una de sus últimas presentaciones en televisión. La peinaron, la maquillaron. Cocinaban y dejaban preparada comida para dos o tres días. Insistían en que comiera. Ni Ava ni Mamma Mercy preguntaron por qué ya no iba a su casa. Intuyo que fue ella quien contó los pormenores.

Me trajeron su penúltimo disco, *Lady in Satin*, que está hecho enteramente con cuerdas. Es mi disco preferido, voy a decirlo eternamente. Tenía una dedicatoria: «María, soy una tonta por quererte. Billie». Un beso estampado con lápiz labial color tierra.

Tiempo después, nos enteramos por dimes y diretes de que estaba internada en el Metropolitan con custodia policial. Le habían encontrado heroína bajo su almohada.

Fuimos todos los días al hospital pero no pudimos verla.

Murió sin hacer ruido, internada ahí mismo, como las lobas cuando son viejas y buscan un lugar donde estirar la pata. Cuando la encontraron, tenía un rollo con algo así como veinte dólares dentro de la media.

Escribo desde la cárcel, donde me encuentro desde hace seis años por defender a Ava de un hijo de puta que estuvo a punto de matarla a golpes. Tuve un cierre de capítulo fantástico. La policía me encontró derrumbada sobre el cadáver del negro golpeador, con mi peluca de Frances Farmer en una mano y un cenicero de piedra en la otra.

Hubiera hecho eso por Billie, por Mamma Mercy y por Ava. Volvería a hacerlo siempre. De algo tiene que servir esta fuerza de hombre.

Me entregué. Vine sin quejarme. Sabía que aquí dentro iba a descansar un poco. Tendría novios, los muchachos me querrían, haría aquelarres con los jotos y sería la reina de los trabajos manuales. Aquí dentro nadie me juzgaría si yo confesara que no solo hice el amor con Billie Holiday. También le robé la pulsera de oro con el diamante incrustado. La tenía por ahí, suelta encima de los pocos muebles de su casa, sin darle mayor importancia.

Mi idea era devolvérsela si ella la echaba de menos. Pero no se dio cuenta de que le faltaba.

La merienda

—Abuela… ¿Por qué somos marrones?

La abuela interrumpe la limpieza de los rifles. Está sentada a la mesa de la cocina con dos rifles y la caja de las balas.

—¿Qué dijiste?

—¿Por qué somos marrones?

—No somos marrones, somos morochas. ¿De dónde sacaste eso?

—Estábamos en clase de gimnasia y la Tati me gritó: «¡Qué asco, tiene los pezones marrones!».

La tapa de la pava comienza a temblar y la abuela se para. Apaga el fuego y con un repasador toma el mango de la pava que es de hierro. Pone dos saquitos de café en una taza y un saquito de té en otra y sirve el agua. Trae las dos tazas a la mesa. El azúcar y las cucharitas ya están sobre el mantel. Desenvuelve el pan que está escondido bajo muchos repasadores para mantenerlo caliente. No hace ni una hora que lo sacó del horno de barro.

—¿Y por qué te vio los pezones? —La abuela se sienta.

—Porque terminamos de hacer gimnasia y nos teníamos que poner ropa seca de nuevo. Así que me saqué la remera toda transpirada y me vio las tetas. ¿Por qué somos marrones?

—No somos marrones. —La abuela sopla la taza que tiene agarrada con las dos manos. Lleva una alianza de oro que le corta el dedo casi a la raíz—. No digas marrón, que es un color inmundo. Somos morochas, que es distinto.

Se manda un trago de café que está que pela. La abuela hace unas morisquetas involuntarias y se le llenan los ojos de lágrimas porque le quemó el garguero. La nieta se ríe.

—No somos marrones, somos morochas. ¿Estamos?

—Pero no me decís nada. —La nieta pone dos cucharadas colmadas de azúcar a la taza de té, agrega leche, corta pedacitos de pan y los tira dentro. El pan se hincha de té con leche y ella come con la cuchara como si fuera sopa.

—Somos morochas porque cuando nos hicieron no les alcanzó la pintura.

—¿Qué pintura?

—En el lugar donde hacen a las personas no les alcanzó la pintura para darnos ese color bien renegrido. Íbamos a ser negras, pero en la sección donde les dan el color a las personas se les acabó la pintura. Hay muchas como nosotras en el mundo. Nos dieron menos manos. A la gente blanca ni siquiera la pintan, o tienen muy poquitas capas de pintura, por eso se lastiman tanto. A veces nomás con asentarles un dedo ya se ponen rojas como un tomate.

—Me estás mintiendo.

—No. No lo digo yo, lo dicen las viejas.

106

—Vos sos vieja.

—Sí, pero hay más viejas que yo, creeme.

—¿Y por qué la Tati me dijo que es un asco tener los pezones marrones?

—Porque es una idiota. Por eso te lo dijo. Pero es mejor ser morocha. Ella podrá ser muy gringa, pero en el lugar donde hacen a las personas ni siquiera la pintaron. Por algo ha de ser que no la pintaron. —Toma otro sorbo de café, esta vez con más cuidado, y arremete de nuevo—: Además tiene muchas ventajas ser morocha. Te quedan mejor los colores, el rojo, el naranja, el amarillo. Andá a ponerle un amarillo a esa que te dijo que eran un asco los pezones marrones, a ver cómo le queda. Yo prefiero ponerme un vestido amarillo y que me quede bien. Y por si fuera poco podés ponerte al sol y no quedar colorada como una iguana, ni te quemás el lomo tan fácil como la Tati esa. Y me olvidaba: las morochas también envejecemos mejor. Mirá la piel de tu abuela.

La abuela le ofrece a su nieta el rostro como si mostrara una joya, o algo de gran valor. Primero una mejilla, luego la otra, luego un pómulo, luego otro. Con las manos se enmarca la cara.

—Mirá, mirá la piel de tu abuela.

Levanta el mentón. Cierra los ojos. Muestra el cuello. Se abre los botones del vestido amarillo y enseña las clavículas, mirá la piel de tu abuela, morena, los huesos del pecho, mirá, mirá. La vieja muestra el relieve del antebrazo, que puesto al sol brilla como una espada.

—Mirá. Nada mal para tener setenta y tres años. Acá solo hay crema de ordeñe y sol. Y si no fuera por los guadales que se levantan en agosto y la cal de la cantera, ni crema necesitaría. Pero ese polvaderal quema cualquier cosa.

La nieta hace un momento pensó que la abuela se iba a desabrochar toda la camisa y le iba a mostrar los pezones. Por eso la mira aterrada. ¿Por qué se puso a enseñarle así las arrugas? No le va a preguntar, mejor no tentar a la abuela. Sorbe las cucharadas de pan remojado en té con leche. Cuando se termina el pan dentro de la taza, corta más y lo zampa otra vez hecho pedacitos en el té. La abuela, que ya tiene los rifles limpios, se pone lenguaraz, el café le calentó el pico:

—Además somos más caras…

—¿Cómo más caras?

—Las cosas oscuras son más caras, por su rareza.

La nieta frunce el ceño. ¿Por qué dice esas cosas su abuela?

La casa se tragó la luz por las ventanas y es necesario prender el sol de noche y unas velas aquí y allá para iluminar un poco.

—Pensá en un mueble hecho todo con madera de ébano, que es la madera más negra del mundo. ¿Conocés a alguien que tenga una silla de ébano?

—No.

—Claro, porque es carísimo. ¿Conocés a alguien que use un collar de perlas negras?

—No —dice su nieta mientras resopla, molesta por esas preguntas que hace su abuela. Esa costumbre que tiene su abuela de hacer preguntas cuando ella le pregunta algo. ¿No sería más fácil si le respondiera por qué son marrones y ya?

—No conocés a nadie que use un collar de perlas negras porque cuestan un ojo de la cara y además es muy difícil encontrarse con una. Y no es solo el tema de la plata. Es que las cosas negras son mucho más lindas que las cosas de cualquier otro color. ¿Te acordás de la cantante negra que pasaron en la tele, que vos dijiste qué lindo que canta y se te puso la piel de gallina?

—¡Sí! —dice la nieta sonriente porque al fin tiene un sí para responder.

Hubo un tiempo en que tuvieron electricidad en la casa y miraban televisión. Otra vida.

—Mirá las panteras negras. ¡Las aceitunas negras! Las reinas moras… ¿No son más lindas que un canario? Es mejor ser así.

—Mi mamá, ¿de qué color era?

—Era como nosotras. Los compañeros de la escuela le decían chupetín de alquitrán. ¡Chupetín de alquitrán, chupetín de alquitrán! Y ella volvía llorando a casa y me decía que era mi culpa. Lo que me costó hacerle entender que era mejor ser morocha. ¡Que podíamos tirarnos a dormir bajo el sol sin ampollarnos íntegras!

—Hace un gesto desesperado, como si las palabras no le alcanzaran para hacerse entender.

—A mí me gustaría ser como mis compañeras. Como la Tati. De ese color.

La abuela apura el último sorbo de café y apoya la taza con violencia sobre la mesa. La nieta pega un salto en la silla.

—Se está haciendo de noche. Vamos.

La nieta deja la taza con el fondo pegoteado de migas y va detrás de su abuela que carga con los dos rifles.

Cruzan todo el patio que ya se va apagando, devorado por la hora. Las huellas de las dos quedan marcadas como rueditas de un vehículo pequeño.

Bordeando el alambrado hay bolsas y bolsas de tierra. Una trinchera hecha con bolsas de papa rellenadas con tierra. El polvoriento suelo de aquellos parajes. La abuela tira una lona al piso. Se arrodilla. La nieta la imita. Le da un rifle a la niña, que lo recibe con los ojitos asustados y mucho esfuerzo porque es muy pesado y grande para una criatura de su edad. La abuela la vigila mientras ella se acomoda como un soldado con el rifle. Eso es. Se apoyan sobre las bolsas de tierra y apuntan.

La casa se quedó sola y todos los animales en el patio duermen. Menos los perros. Los perros no duermen si alguna de las dos está despierta.

La niña y la anciana tienen vista de lince. En medio de la noche se manejan mejor que un espíritu.

—Cuando lleguen, si alguno de esos hijos de puta se baja de la camioneta, le apuntás a la cabeza. Que no te tiemble la mano —le dice la abuela, y la nieta acomoda el hombro, el dedo sobre el gatillo, traba los pies en el polvo y respira hondo. Como le han enseñado.

Mujer pantalla

Hay novias con suerte. Una las cruza por la calle y ellas como si nada, en compañía de unos bombones que hacen suspirar hasta los semáforos. Dan ganas de decirles: qué afortunada, reina. Después están las eternas desdichadas que se enamoran de hombres que no las tratan bien y ellas se lo aguantan todo en silencio. Por amor. O por conveniencia. Hay novias que quieren más de lo que son queridas. También hay novias sin ecualizar. Novias que no pueden parar de coger con otros. Novias sonámbulas, novias que están de novias sin quererlo, novias que rompen platos, novias que dicen a todo que sí, novias que se olvidan de sus amigas. Y hay un tipo de novia muy extraño, extrañísimo como un cocodrilo albino, que es la novia de alquiler. De esto se sabe poco y se supone mucho.

La primera vez fue casualidad (lo cuento porque finalmente, y después de muchos años, el primero de mis clientes pudo salir del clóset). Mi amigo Marcio Cafferata tenía el casamiento de su hermano y sus padres lo habían multado por eterno solterón, porque nunca jamás había llevado novia a la casa. Eso, hace treinta años, era una pista de que podías tener un hijo gay. Los padres no soportaban descendientes maricones. Preferible un hijo muerto a un hijo puto. Para Marcio era asfixiante esta persecución por lo mucho que estaba en juego: la salud de su mamá, el prestigio de su apellido, las clínicas de su abuelo y la reputación familiar en la raída elite de la crema cordobesa.

Era un adolescente cuando su papá le encontró esa foto de Antonio Banderas en cueros dentro de la carpeta de Historia. Lo echó de su casa. Anduvo durmiendo de prestado en lo de sus amigos por muchos meses, hasta que su mamá lo encontró y le rogó que regresara antes de que la gente comenzara a hablar. Lo mandó a un psicólogo para reconvertirlo. Yo era una de las que más lo achuchaba para que saliera del clóset, le decía que ahí dentro estaba todo húmedo, que mejor viera la luz, pero éramos de otra generación, el mundo era bello todavía y muy hostil. La cosa es que Marcio aquella vez tenía un casamiento y su papá lo había amenazado: que más le valía ir en compañía de una mujer o se iba a tener que buscar otro apellido.

Tenía la fecha de la boda encima, se había probado el esmoquin… Infructuosamente, quiso seducir mujeres en la oficina y en los bares. Las cosas a las que nos obligan las fiestas, digo yo.

La noche que lo propuso estábamos en la fila del teatro La Cochera, para ver no recuerdo qué obra, creo que era *Besos divinos*, una en la que al final un montón de novias vestidas de blanco orinaban de verdad el escenario. Marcio encandilaba de pálido y era evidente que el ataque de nervios le estaba dejando la manicura a la miseria. A mí me amargaba verlo en esa situación, pero no se me ocurría cómo ayudarlo.

Me lo soltó de golpe:

—¿Querés ser mi novia por una noche en el casamiento de mi hermano?

—Ni aunque me torturara la condesa de Báthory. Además tus viejos me conocen.

—Te vieron dos veces nada más. Y estaban dados vuelta de whisky. No se acuerdan de vos.

—Cómo no van a acordarse de mí. Las estupideces que decís...

—Dale, por favor. Necesito una novia. ¡Te pago!

Se hizo un silencio y se me vino a la cabeza eso que decía siempre mi mamá, lo de que yo solo tenía talento para percudir las sábanas, y entonces pensé: ¿por qué no hacerlo? ¿Por qué no salir una noche con mi amigo rico y demostrarle a mi mamá que tengo talento para mentir?

—Te vas a tener que vestir elegante, nada de vestidito de loca.

—No tengo nada elegante.

—Mañana vamos a una galería y te comprás algo decente.

Inmediatamente le volvió el color. La sonrisa era como una bombita de luz encendida. De manera que así se ve la gratitud en una persona, pensé. Parecía que le había salvado la vida. Mientras esperábamos para entrar a la sala, acordamos dos o tres cosas para no contradecirnos en el casamiento. Me pidió que solo dijera la verdad sobre mí y sobre él, que no teníamos que inventar nada salvo cómo nos habíamos puesto de novios y cuánto tiempo hacía que salíamos. Cuando comenzó la obra de teatro ya estábamos listos para engatusar a su familia.

Creo que nunca fui a una fiesta más divertida y más llena de tipos divinos, con los culos como melones y los cuellos como rinocerontes. No dejé ser humano sin seducir. Coqueteé con todos. Incluso con otras mujeres, incluso con el padre del novio y con el novio mismo. Mi suegro de cartón prensado no dejó de mirarme las tetas ni un segundo, como si hubiera tenido un aleph en el escote.

—¡Sos divina! —gritó el viejo y me apretujó contra su panza dura de ex jugador de rugby.

—No seas tan arrastrada. No te hagas la linda con mi papá, por favor te lo pido —me dijo Marcio al oído.

A mitad de la fiesta nos pusimos medio ácido en la boca y a las dos horas bailábamos tan en paz que parecíamos la danza de la galaxia entera. Fingir que era su novia fue lo más sencillo del mundo. Imaginen: me hice la permanente, me maquillaron, me puse un vestido bonito… Marcio, además, tenía los ojos celestes como el fondo de una pileta, el pecho peludo y musculoso, un culo como para hacerse creyente y un swing, una manera de ser que aflojaba cualquier elástico de calzoncillo o bombacha por igual.

Como nos fue tan bien esa noche y su familia estaba encantada conmigo, Marcio decidió prolongar nuestro trato un tiempo más. Había que limpiar los rumores también en el trabajo y con los amigos de la familia.

—El dinero no es problema —dijo.

Le cobraba por cada cita que teníamos, en dólares. Y recuerden que en los noventa un dólar y un peso argentino valían lo mismo, mis amores. Las comidas familiares, tarifa doble. Ya tenía bastante con mi familia, de modo que siempre cobraba más caras las citas que involucraban a parientes. Por lo general, planeábamos salir a algún lugar donde sospechábamos que podía haber conocidos de Marcio y entonces venía eso de: «Ah, te presento a mi novia»; «Ella es la chica con la que estoy saliendo». Lentamente, comenzó a correrse la bola de que Marcio, tan suave y afectadito, estaba de novio con una mujer de carne y hueso. Y aunque nunca faltan detractores, el rumor de su heterosexualidad prendió entre amigos, familiares y colegas. En poco tiempo habían olvidado las sospechas sobre su hombría. Intuyo que parte del éxito se debió a que fui una novia de alquiler encantadora.

Así comencé mi pequeño curro, gracias a la desesperación de un amigo. Novia de gays que necesitaran una mujer, porque era de vida o muerte en el trabajo o para calmar a los padres, no sé. Estoy hablando de ofrecer un servicio excelente como novia de putos, que, por el motivo que fuera, tenían que fingir que eran bien machos. Nunca me enteré de otras chicas que hicieran lo mismo. Me gusta creer que mi servicio fue pionero y exclusivo.

Jamás me acosté con ninguno de ellos, y eso que ganas no me faltaban. Con algunos podía sentir tropas de testosterona bailando dentro de mí con sus urgencias de penetraciones y orgasmos. Pero yo, siempre ubicada, siempre simpática y en control, no cedía. ¡Y es que era una calentura inútil! Por más que me gustaran y aprovechara de cuando en cuando los besitos que por obligación nos dábamos en público, ellos no me hubieran tocado ni con una rama. Y por eso es que les cobraba en dólares el teatrito. Y era cara, mi servicio era de lujo.

Sacando este curro, había abandonado la carrera de Letras, diría que a causa de mi relación con el profesor —casado— de Literatura Latinoamericana II. El romance terminó con mis ganas de seguir estudiando y con su matrimonio, el mismo día de su cuarto aniversario de bodas. La esposa se abrió las venas al enterarse del adulterio, hecho que me pareció de gran exageración, porque el profesor no valía manchar toda la casa con sangre. Tuve que abandonar la facultad, pero gracias a algunos contactos de mi papá conseguí un trabajo como columnista en el diario *El Centro*. Como no me llevaba mucho tiempo, mi papá, además, me contrató como su secretaria.

Esta soy yo, la oveja iridiscente de la familia.

Mi mamá es arquitecta y mi papá, infectólogo. Mi mamá siempre quiso viajar por el mundo y no atarse a nada, pero terminó casada con el ser más sedentario que existe. Siempre fui la fea de los tres hijos del matrimonio Montegroso. Nuestros parientes y los amigos de mis viejos me ponían apodos hirientes: Monito, Murci por murciélago, Tío Cosa, Bicho y Susto. Nadie se los guardaba. Mi abuela decía que tenía dos nietos y una desgracia. Yo era la mancha de tuco en el vestido de novia, la mosca en la leche, el pelo en la sopa.

A veces mi mamá arrancaba con la bebida blanca a las once de la mañana, en bata, con un Virginia Slim entre los dientes. Su ritual frente a la mesada de la cocina: servirse un chupito, tragarlo en seco, apoyarse en la mesada, respirar hondo y exprimir una naranja, tomar el jugo, meditar unos minutos en silencio y de nuevo, otro chupito de tequila, exprimir la naranja, tomar el jugo y meditar otra vez, darse la vuelta y excusarse frente a mí, que de seguro estaba comiendo o haciendo los deberes:

—Así me hidrato.

Y comenzaba la guerra: que naciste de culo, que me quedó la concha como una olla, que no servís para nada, que no tenés vocación por nada y cómo puede una persona sobrevivir sin vocación, que no te arreglás bien, que andás vestida como una lesbiana, con esos buzos grandes y ese pelo así, ¿te hacés la moderna? No me hace feliz ser tu madre, cuándo será el día en que te vayas de esta casa y me dejes sola.

Cuando comencé con el temita de alquilar mi cuerpo, mis encantos, mis lindos rulos cobrizos, mi cultura general (bastante chirle) y mi culito hecho a fuerza de bailar Boney M. en mi habitación, mi familia relajó un poco con el pie de guerra. Era, lo que se dice, un negocio redondo. La gente te ve ocupada y te respeta.

Le dije a mi mamá que estaba saliendo con Marcio Cafferata (otro beneficio del trato) y se le cayeron las medias. «Yo pensaba que era rarito, mirá vos, sorpresas lindas que se lleva una». Y ya se imaginó planeando la boda y organizando almuerzos, haciendo los planos de mi futura casa, relamiendo el caramelito de tener nietos de apellido Montegroso Cafferata y todo lo demás. Marcio se descuajeringaba de risa cuando pensábamos en la magnitud de nuestra estafa. A veces nos llenábamos de piedad y decíamos al unísono: «Pobres viejos». Después recordábamos la clase de monstruos que eran y otra vez, como si nos hubiéramos puesto de acuerdo, al mismo tiempo decíamos: «Se lo merecen».

Mi hermano me miraba llegar a casa con vestidos nuevos que compraba de a montones en la Galería Precedo y se ponía en detective.

—¿En qué andás metida vos?

—En nada.

—¿De dónde sacás plata? Te tomás un taxi hasta para ir al gimnasio que queda a tres cuadras.

—Gano bien como secretaria. No pago alquiler. No pago impuestos. No pago la comida. Y estoy de novia con un chico muy rico.

En Nochebuena, con Marcio como invitado de honor, me llevó al patio para hablar a solas y para ejercer bien todo el circo del hermano mayor. No quería contarle. No todavía.

—No ando en nada raro. Quedate tranquilo.

—Estás vendiendo droga.

—¡Pero no! No soporto a los yonquis.

—Te estás cogiendo a un diputado.

—No.

—A un senador.

—No.

—A un viejo millonario.

—No. No te lo voy a decir porque no quiero que nadie me robe la idea. Pero es todo legal, quedate tranquilo. —Pobre mi hermano, si supiera que cada dos por tres me lo cogía en sueños…

¿Cómo no iba a enamorarme de Marcio a los dos o tres meses de mi contratación? No lo pude evitar. Era la persona más cercana que tenía en el mundo y nos conocíamos tan bien todas las mañas y los trucos.

Sabíamos lo que nos divertía. Nos gustaban y odiábamos casi las mismas cosas, podíamos pasarnos días enteros viendo películas neorrealistas y comiendo pizza, y los límites se borroneaban. Pero nunca arruinaría un trabajo como ese por un arrebato sentimental, por un reproche. Embalsamé al pajarito del amor, lo puse en una vitrina junto con otros adornos y me divertí como nunca. Es que tampoco he sido de las que dejan mandar al amor con tanta facilidad. Lo veo un poco... manoseado. Lemebel dirá: «Es tan ordinario el amor que hasta los pacos se enamoran».

Y lo bien que hice: al cabo de un año y dos meses Marcio me dijo que ya no necesitaba de mis servicios porque todo el mundo se había comprado el cuento del noviazgo. ¿Qué más creíble que una relación que fracasa? Acordamos hacer una escena memorable en su restaurante favorito para consolidar su leyenda. Elegimos una noche en la que también estaban sus primos, que eran banqueros, neurólogos eminentes y hoteleros. Todavía no habían llegado los postres cuando comencé a levantar la voz y responder con ladridos las estupideces que me decía Marcio para meterme más en la escena. Le monté el numerito de su vida y hasta me di el gusto de romper un par de platos y quedar como una loca.

—¡Me engañaste con esa perra! ¡Yo sabía, yo sabía! ¡Me hiciste quedar como una cornuda delante de todo el mundo!

Marcio apenas se aguantaba la risa de verme así, completamente loca. Le tiré un vaso de soda en la cara y salí del restaurante gritando:

—¡Qué mierda miran, nunca vieron a una cornuda hacer una escena!

Lo del escándalo fue idea mía. Me parecía que, además de dejar en claro que era heterosexual, había que sembrar el cuchicheo de que era un don juan.

Marcio habló con otros amigos que atravesaban la misma situación que él. Les dijo que yo le había salvado la vida. Mi nombre comenzó a circular entre esa elite de putos guardados en sarcófagos, no clósets, sarcófagos, presionados por herencias millonarias, apellidos inmaculados y apariencias de las que dependía algo más que la vida. Marcio me invitaba a sus reuniones con mis posibles clientes, íbamos a las previas de lo que seguro serían unas orgías romanas y en las que tanto me habría gustado estar, aunque fuera como lámpara de pie y no me tocaran un pelo.

Al poco tiempo de nuestra ruptura, Marcio me llamó por teléfono.

—¿Te acordás de mi amigo Lao Lavorere? ¿Que el papá es director de la clínica Hamilton? Bueno, llega la abuela de Bélgica, una vieja multimillonaria a la que tiene que presentarle novia sí o sí.

—¿Por qué sí o sí?

—Problemas de gente rica. Seguro que por algo del testamento. Bueno, ¿te acordás de Lao o no?

—No me acuerdo de tu amigo, pero no me importa.

—Te necesita solo para un fin de semana. Te pagaría mucho más de lo que te pagué yo y vos me deberías una salida a bailar como comisión. Por el contacto.

—¿Cuánto más pagaría?

—Lo que le pidas.

—Decile que quiero mil dólares y un anillo de oro blanco con una turquesa incrustada —dije, por decir un precio.

—Con una turquesa… no seas tan parda.

—Vos decile así.

A los tres días tenía mi anillo, los mil dólares depositados en mi cuenta y una cita previa con Lao para conocernos lo mejor posible. Inventamos dónde nos conocimos, cómo, quién nos presentó, qué hicimos en las primeras citas, películas que vimos juntos, lugares que visitamos, comidas que nos gustaban, acordamos hasta dónde tocar y besar. En casa me puse a repasar hasta aprender de memoria todo lo que Lao me había contado. Para hacerlo más creíble le dije que teníamos que sacarnos fotos.

Teníamos que ir a una estancia cerca de San Javier. Los padres de Lao ofrecían una cena a la que asistirían senadores, farándula, periodistas, los empresarios más poderosos del momento. Incluso estaría el mismísimo riojano… no puedo decir su nombre ni sabiendo que está bien muerto… Soy supersticiosa.

Me caía bien Lao, no fue difícil estar con él, circular, sonreír. No fue un sacrificio besarlo delante de sus padres ni delante de su abuela, Marie, la belga homenajeada.

A partir de esa noche, se ve que Lao corrió la voz, no pararon de llegarme ofertas. Me sorprendía la cantidad de maricones guardados en la sombra. Eran como un enorme contenedor de cosas reprimidas, grandes compactadoras de autenticidad, y a la vez eran amables. Cercados por las espinas de la apariencia, todavía eran capaces de ser amables e inteligentes.

Me daba el lujo de elegir. Usaba mis contactos de maricas chismosas y averiguaba si eran divertidos o no, si eran agradables o no. En pocas ocasiones falló la red de información homosexual secreta, pero de eso hablaré más adelante. Una vez que recibía el depósito por un mes de trabajo adelantado, comenzaba a estudiarlos de pe a pa y a inventar el tipo de novia que les correspondiera. Siempre era una novia distinta. Aunque dijera mi nombre de verdad y mi vida fuera siempre la misma, con mis dos padres dementes y mi changuita en el diario, cada una de las novias que compuse fue única. Con el tiempo, aprendí que no podía dedicar más de seis meses de mi vida a cada noviazgo como lo había hecho con Marcio. Me aburría y comenzaba a distraerme, a equivocarme en las conversaciones y odiarlos secretamente. Por mucho que pagaran, por muy bien que olieran y divertidos que fueran, pasados los seis meses ya me molestaban sus demandas, las vidas que tenían y las urgencias por las que me precisaban. Claro que era cansador. Tenía que estudiar la lista de conocidos, familiares, invitados en caso de fiestas, para no repetir, para no cometer errores, para que no se dijera por ahí que estaba de novia con varios a la vez.

¿Qué clase de profesión se supone que tenía? ¿Era actriz? ¿Una geisha occidental? ¿Una prostituta intocable? ¿Era todo color de rosa? No. Me tocaron un par de putos malignos que me hicieron visitar brujas para limpiarme de su mala yuyu después de trabajar para ellos. Miren. Yo respeto el clóset. Para muchos de mis amigos el clóset fue su único lugar seguro en el mundo. Sabiendo esto, diré que a algunos maricones el clóset les sienta fatal. Los honguea.

Por suerte, solo con la primera marica ladina resistí más tiempo. Con los otros fue más sencillo. Apenas aparecían los remilgos de mariquita fina y desagraciada, ahí nomás los expulsaba de raíz.

Con el primero fue más difícil porque yo insistía en ser una profesional. En no dejar que su veneno y sus rencores afectaran mi desempeño como novia de alquiler. Pero no se podía estar cerca de un sujeto así. Su cinismo tenía forma de serrucho y su envidia lo carcomía. Era un mitómano enfermo que incluso dijo que yo le había robado, como si fuera posible robarle algo de esa enorme casa de vieja fina y rancia en la que anida como buena serpiente que es. Decía calumnias sobre gente de la que se decía amigo. Y casi llegando a los cinco meses de contratación renuncié. Le dije que no soportaba más el ballet en el Teatro San Martín, ni la ópera ni nada que no fuera de este siglo, que su aliento apestaba a fiambre vencido y que no iba a trabajar más con él, por mucho que me pagara, porque era insoportable. Y después de eso soltó el chisme de que yo era una ladrona.

Lo más gracioso que me pasó mientras trabajaba fue que me contrataran para ser amante; no novia, sino amante de un maricón que llevaba veinte años casado con una mujer que le estaba haciendo la vida amarga y quería que lo descubriera con otra para ver si así lo dejaba. Nunca se me dijo a la hora de mi contratación que la cosa iba de tercera. Me lancé a jugar de novia treintañera de un cincuentón, sin imaginar jamás que había sido engañada.

Comenzamos a vernos, a citarnos en cafés y a veces entrar a hoteles del centro, mientras yo era completamente ignorante de que alguien nos fotografiaba. Alguien que su esposa había mandado a seguirnos. No duramos ni un mes. Una noche estábamos cenando en un restaurante árabe en el Cerro de las Rosas cuando una fuerza venida de no sé dónde, completamente inesperada, me revolcó de los pelos por todo el lugar. Las odaliscas daban saltos a mi alrededor mientras la mujer del tipo me daba la cagada a palos de mi vida. Lo recuerdo y me duele el estómago. Se cansó de patearme con la punta de un *stiletto* de Ricky Sarkany. El tipo que me había contratado no se movió de su silla. Tenía más miedo que yo. Tuvieron que sacármela de encima las odaliscas del lugar. A la cornuda a medias la llevaron detenida y a mí, a declarar a la comisaría. Quedé llena de moretones, arañazos, mordidas y cortes. Mi novio locatario dijo que me compensaría, que lo perdonara, que no se imaginaba que su mujer era capaz de eso, pero que si resultaba el engaño me estaría agradecido de por vida.

Al volver a casa tullida después de hacer la declaración en la comisaría, les dije a mis viejos que habían querido robarme y que no tenía ganas de hablar porque me dolía la cabeza. Me encerré en mi cuarto completamente a oscuras, salía a comer cuando todos se iban a dormir, y a la semana me fui. Tenía dinero suficiente para irme de aquel infierno.

Como su mujer finalmente le pidió el divorcio, el cliente que me había engañado me hizo un pago extra por los golpes recibidos, un generosísimo pago extra que me sirvió para comprarme el departamento desde donde escribo. A los dos meses de la golpiza me lo encontré en Hangar 18 a los besos con un alemán, estudiante de intercambio, disfrutando por fin de la putez desnuda.

Gracias a este oficio como novia de alquiler conocí el mar, olí de cerca el perfume de los ricachones, me enteré de secretos que podrían arruinar familias enteras, estuve en un recital de Björk en Cambridge, nadé en cenotes en el caribe mexicano y celebré Año Nuevo en una playa de Ibiza a unos metros de los abdominales de Brad Pitt. Pasé noches memorables con tipos verdaderamente hermosos, que estaban en mis manos, tipos que me miraban con un cariño cierto, por más que nuestra relación fuese solo profesional. Al fin y al cabo, las relaciones así son las más hermosas. Baile, risas, pasar horas en un bar esperando que algún conocido llegara, beber y besar esas bocas. Boquitas como damascos recién cortados. Habiendo hecho fortuna como una cortesana muy particular de la *high*, me dediqué a decepcionar a mis padres una y otra vez, para mantener los lazos vivos, como serpientes muy finas que nos ataban.

El curro de novia de alquiler, novia rentada, holograma de novia, novia por hora, prostituta insatisfecha, mujer pantalla, se terminó. Caí en desuso. Cuando la cosa se puso mejor para los putos, yo caí en desuso. Fueron cada vez más espaciados los noviazgos y un día desaparecí.

De vez en cuando me quedo a observar el ritual del tequila y la naranja exprimida que hace mi mamá mientras piensa en vaya a saber qué. Me dan ganas de contarle qué estuve haciendo todos esos años en los que ella pensaba que no hacía nada.

A veces me dan ganas de entrar al estudio de mi papá y contarle de cada uno de los novios de mentira que tuve en esos años y que les presenté como si hubieran sido los futuros padres de mis hijos. Pero es un secreto que me llena de nostalgia y no es bueno compartirlo con él. Nunca se sabe qué barbaridades pueden cometer los padres con nuestra nostalgia.

La casa de la compasión

I

Es la pampa cordobesa. Al sur.

Todo es triste y llano. Es decir: el horizonte, las rutas, el olor a muerte de los venenos con que riegan los sembrados, el largo y hondo cielo que entristece y que nunca termina de ser azul, la crueldad de los camiones a toda velocidad. También, hay que decirlo, la proximidad de la ciudad que está a muy pocos kilómetros de allí.

Pero esto que vemos ahora es la pampa y nada más. Una estación de servicio, el viento que no se ataja con nada, y algunos autos detenidos. Están los que cargan combustible, están los que aprovechan para comer algo en la parada, están los que van al baño. Difícil encontrar un baño limpio por aquí.

Un auto pequeño, un Ford Ka rojo, ocupado por una familia pequeña —mamá, papá y una niña— aminora la marcha.

—Te dije que fueras al baño antes de salir —reclama a la niña la madre furiosa porque ahora va a tener que entrar al baño de este lugar que, como ya sabemos, debe estar inmundo.

—Sí, ya me lo dijiste sesenta veces, ma. Con gritarme no solucionás nada.

La madre ha cerrado de un portazo y se dirige hacia la puerta que tiene la D de dama.

—Entonces vas a entrar vos sola, yo te espero acá afuera fumando un cigarrillo.

La niña entra corriendo y abre la puerta de uno de los compartimentos donde apenas cabe un inodoro. Orina desesperada.

—¡No te sientes en el inodoro, no toques la taza del inodoro, por favor!

Un temblor la sacude. ¡Ay, qué rico! En el compartimento de al lado alguien tira la cadena. Menos mal que reprimió ese pedo que estuvo a punto de soltar. ¡Miren si alguien la escuchaba! Desde el otro lado de la pared cubierta de azulejos llega un perfume dulzón.

Se seca con el papel de adelante para atrás tal como le enseñó su mamá y sale directo a lavarse las manos. De espaldas está ella. Esa mujer con unas botas taco alto, minifalda muy corta, las piernas finitas y musculosas. Es altísima. ¡Y tan flaca! A la niña le gusta el maquillaje, es como de una película de ciencia ficción, por todos lados se ven brillitos de colores. Cuando la mujer sacude el pelo con las manos, saltan más brillos.

—¿Te querés lavar las manos?

La niña asiente con timidez y terror. Su estatura no le permite llegar a la canilla. La voz de la mujer suena metálica, nasal, es la típica voz de las travestis. ¿Será que…? Es que tal vez sea… Ay… me muero si estoy frente a una travesti de verdad. Me muero me muero me muero, cuando les cuente a las chicas en la escuela.

Me muero si ahora mismo entra mamá. Tiene los dientes manchados con labial. ¿Debería avisarle? ¿Y si lo toma a mal? ¿Se lo digo? No, no le digas, se va a dar cuenta sola cuando se mire en el espejo.

—¿Querés un poco de jabón?

La niña asiente otra vez y se desplaza formando un cuenco con las manos hasta el dispenser, que tampoco alcanza a presionar.

La travesti tiene una mano grande y peluda, como la pata de un perro.

—¿Cómo te llamás?

—Flor —responde sin interrumpir la repasada de lápiz labial. Como si llevara poco, como si no fuera suficiente. Se frota los dientes manchados con los dedos.

—Yo, Magda.

—Tenés un lindo nombre. ¿Qué hacés acá?

—Vamos al velorio de mi abuela en Córdoba. Mañana volvemos de noche. Mi mamá está enojada.

—¿Por ir a Córdoba?

—No, no quería venir en auto por los accidentes.

La travesti cierra el grifo, saca unas toallitas de papel y se las da para que se seque.

—¿Querés que te diga mi nombre completo?

La niña vuelve a asentir con la cabeza.

—Me llamo Flor de Ceibo Argañaraz.

Y como si quisiera cambiar de tema después de semejante declaración, agrega:

—Tenés unos ojitos preciosos. Me encanta el color de tus ojos. Desde acá puedo reconocer el brillo que yo tenía a tu edad.

El tiempo se acaba de detener. No se oyen más camiones, ni el efecto *doppler* de los automóviles. Es como si la pampa toda se hubiera hecho humo.

—¿Sabés de dónde viene ese brillo?

La niña niega con la cabeza y le clava esos dos ojos que parecen a punto de explotar.

—Del miedo a los adultos. ¿No te parece así? ¿Que los adultos dan miedo?

—Ajá.

—¿Vos no les tenés miedo a los adultos?

—Sí, a veces. Pero también les tengo mucha lástima.

—¿Lástima?

—Sí, dan pena. Con mis amigas siempre lo decimos: pobres nuestros papás.

«Picarona, sos una criatura picarona e inteligente». Continúa inmediatamente después del pensamiento:

—Hacés bien en tenerles miedo a los adultos. Yo era así, como vos. Me brillaban los ojos.

—¿Te puedo preguntar algo sin que te ofendas?

—Claro, mi amor, a mí no me ofende nada.

—¿Sos travesti?

—Sí, y de las más auténticas que puedas encontrar por acá. Cien por ciento travesti.

—Si lo cuento en clase no me lo van a creer…

Los nudillos de la madre de Magda golpean la puerta de chapa. Acaba de apagar en el piso su cigarrillo y ha recordado que tiene una hija.

—¡Vamos, Magda! ¿Qué estás haciendo ahí adentro? Apurate que tu padre nos espera en el auto.

—Andá. Acordate, la flor de ceibo es la flor nacional. Por si alguna vez pensás en mí.

Apenas sale, el brazo de su madre como una tenaza la transporta en el aire hasta el asiento trasero del auto.

—Magda, ¿estabas hablando con alguien?

—No, estaba cantando. ¿Qué es una flor nacional? ¿Como una reina de las flores? ¿Cuál es la flor nacional de la República Argentina?

—¿Y yo cómo lo voy a saber? ¿De dónde sacaste eso?

El padre ha comprado gaseosas y papas fritas en el drugstore de la estación de servicio. El viento podría provocar el suicidio de una persona, tan persistente y dañino es. La niña en el asiento de atrás ya está bebiendo su Coca-Cola.

—Ponete bien el cinturón.

La madre traga sus papas fritas y mira cómo se extiende el camino delante de ella. El padre pone en marcha el motor y cuando está por avanzar un perro enorme se les cruza en el camino y los mira fijo. Magda grita:

—¡Pará, papi, que lo vas a atropellar!

—Viste, te dije. Es un peligro esta ruta.

El perro no se mueve hasta que la niña no saca una papa frita por la ventanilla. Se acerca y se apoya sobre la puerta del auto y la madre pega un grito de terror. El animal toma con delicadeza la papa frita de la mano de Magda.

—¡Dale, arrancá que se nos va a meter este perro!

El auto arranca y desaparece en la ruta.

II

Ahora vemos a Flor de Ceibo saliendo del baño. Va en zigzag. Tal vez la niña no advirtió su borrachera o tal vez la pasó por alto. Pero allí va esta mujerota esplendorosa con su minifalda de lúrex plateado, tan corta como solo ella puede usarla, y con esas botas desconchadas y con el taco vencido hacia atrás, y sin embargo dignas y hasta elegantes. Debajo de la camperita de jean que ella misma acortó y desflecó, lleva un top que apenas cubre sus tetitas de hormona. «Los hombres no ven estas cosas. No saben apreciarlas. Podrías tener un pavo real que te sale del culo y cantar en chino mandarín y ellos apenas lo notarían. Te vestís para vos misma, esto es así, por eso sos travesti», le dijo hace unos años una travesti vieja de La Piaf, el antro gay que fue su escuela y paraíso.

Flor de Ceibo ha tenido una noche muy larga. Seis clientes atendió. El sol le da de lleno sobre la cara. Busca en su cartera los lentes de sol pero no los encuentra. Ni una sombra en la pampa. «Tenés que sentar cabeza. Irte a Rosario. Allá los tipos se desviven por las travas, acá en esta ruta si no te mata un gringo te lleva puesta un auto», le dijo la misma travesti que le había dicho lo del pavo real en el culo. «Allá tirás la cola para arriba y no toca el suelo. Te cogen en el aire los tipos. Haceme caso. Un fin de semana al mes. Volvés cogida por unos chongos que son unos toros y encima forrada en guita. Para dársela toda al boludo ese con el que vivís».

Flor de Ceibo piensa en el consejo de su amiga. Las cosas se pusieron feas en la zona últimamente. Los clientes no quieren pagar lo que se les pide y tiene que trabajar más para juntar la misma plata que antes juntaba con dos o tres tipos. También andan con miedo de que se les cruce un animal en la ruta y terminar convertidos en un altarcito lleno de botellas vacías y flores de plástico. Es hora de buscar otro rumbo, ir a Rosario a probar. Flor está cansada de la rutina de puta pampeana rutera.

Pero hoy su rutina tiene un pequeño volantazo. Además del encuentro con esa niña, ay, cómo se llamaba, María, Marta, Mar... Magda, eso es, nombre bíblico... hoy va a suceder algo más.

Del otro lado de la ruta, en el sentido contrario, viene un grupo de monjas. Son de la orden de las Hermanas de la Compasión. Van divertidas sosteniéndose el hábito que se embolsa y vuela cuando pasan los autos a toda velocidad. Flor de Ceibo las mira fascinada por la luz que reverbera sobre las cofias y por la risa de las monjas que van tentadas por lo que el viento les está haciendo ahí debajo de las faldas rebeldonas. Tienen las piernas muy peludas, acaba de notarlo con un golpe de viento; y claro, las monjas no se depilan. Ellas también la están mirando. La bendicen, le sonríen. Y una de ellas levanta su mano y le dice adiós. Es joven la monja, tal vez unos cincuenta años. Una sonrisa tan larga como el horizonte mismo de la pampa, un diente detrás del otro multiplicados al infinito. Flor de Ceibo sonríe apenas con vergüenza por el premolar que le falta y le parece ver que de la sonrisa de la monja chorrea una baba espesa. ¿Una monja estrenando dientes postizos? Desconfía de las religiosas, para qué negarlo. Pero ahora queda prendada de esa sonrisa. ¿Qué llevarán debajo del hábito, además de las piernas peludas? Flor está imaginando bombachones gigantes y calzones de hierro cerrados al público con candado.

Se da vuelta varias veces para mirar a las monjas. La monja que la saludó se da vuelta también. Ahora corren. «Para mí que le gusté», le comenta Flor de Ceibo a la otra Flor de Ceibo que vive dentro de ella, que es con quien conversa desde hace años, puesto que no son muchas las ocasiones en que puede charlar con otras personas con tanta sinceridad y tanta gracia.

Dobla por la callecita de tierra que bordea la cancha de fútbol, camina unos cincuenta metros y ya está en casa. Abre la puerta de entrada y la chapa raspa el contrapiso. La casa se queja. Pero es una casa bonita, las flores crecen en los canteros que ella misma riega cada mañana apenas vuelve de trabajar. Conejitos, begonias, rosas chinas, alegrías del hogar, pensamientos y malvones. La verja está pintada de amarillo muy pálido y desde afuera se ven las cortinas de tela bien gruesa que ella misma cortó y cosió. Motivo otoñal, con sulfilado, dobladillo, pequeños frunces. La entrada es un caminito de cemento con un polizón de piedras que ella pintó de todos los colores que encontró en tarros de pintura que le fueron regalando. Lo único que desentona es que en la pirca donde está el medidor de luz alguien escribió CRISTO BIENE con un aerosol negro. Debería cubrirlo con algo bien colorido, sí, pero ahora mismo no dispone de dinero para librarse de la profecía apocalíptica.

Deja la cartera sobre la mesa. Se quita las botas y las arroja a un rincón de una sola patada. Sale de nuevo, toma la manguera que está preparada en la canilla de la

134

entrada y riega todas sus plantas mientras tararea una canción. Una vez que la tierra alcanza el color café con leche, cierra la canilla y enrosca la manguera.

Ahora entra a la habitación. Descorre la cortina, también cosida por ella, y lo primero que se ve es a un hombre echado. Su tío está mirando televisión muy a sus anchas, tan como si no quisiera la cosa, absorto en un canal de dibujos animados. En la mesa de luz hay una taza de café y las sábanas están llenas de migas de pan, por lo que se puede concluir que otra vez ha desoído la orden de comer en la cocina. Ella se quita la ropa y se deja caer a su lado. El tío no la mira, apenas si se modifica un poco su respiración. Es un tipo de unos sesenta años, con el pecho flaco y puntudo como el frente de un bote.

—Me cago en la mierda. Me olvidé de sacarme el maquillaje.

Se levanta con un resoplido y va directo al baño a embadurnarse el rostro con crema de ordeñe. Al volver luce increíblemente más joven. No es posible saber si ella tiene conciencia de que el maquillaje la envejece. Tal vez nadie se lo dijo, pero así, a cara lavada, definitivamente se ve mucho más joven. Ahora sí, el tío parece haber notado su presencia. Se humedece un dedo con saliva y se lo pasa entre las nalgas. Ella se sacude como de una mosca que se le asienta.

—Quieto. No me jodás.

—Oh, buah… hay que ver —dice el viejo y enseguida vuelve su atención a los dibujos animados.

El calor a veces parece detenerse, entonces al tío la transpiración se le seca en el cuero y le da frío, por eso vuelve a abrazarla. Ella lo vuelve a rechazar con fastidio, y así, desnuda como un animal, se va al patio y se tira en una reposera al sol.

El tío, solo en la pieza, retrocede en el tiempo. Ve entrar a su sobrino por la puerta de esa misma casa. Un cabrito sin coraje, perdido ya para el mundo, huesos pequeños, el pelo lacio, muy negro. Se lo dejan el mismo día en que muere su hermana. Casi no habla. Apenas si dice sí, no y ajá.

Fue fácil. Llegaba de manejar el taxi que tenía en ese entonces y lo sentaba en su falda para ver juntos los dibujitos. Sentía el cuerpo del sobrino a su disposición. Comenzó a acariciarle las rodillas, casi al pasar, distraídamente, hasta que el embate de sus caricias ablandó los músculos del niño, que una tarde se recostó en su pecho. Con el cuello muy cerca de su boca, comenzó a besarle las orejas como si fuera una broma. Comprobó que a su sobrino se le ponía toda la carne de gallina. Lo besó en la boca hurgando con su lengua como buscando una fuente de agua hasta que la encontró. A partir de ese día lo obligó a lavar sus calzoncillos manchados de mierda y le pegó cada vez que la vida le pareció injusta. Fue un largo, largo crimen, hecho con paciencia.

¿Tenía aquel niño los ojos brillantes, tal como le dijo Flor de Ceibo hace un momento a la niña del baño de la estación? En la imagen que está rondando la memoria de su tío no se ve tan claro, por lo tanto es imposible saberlo. Pero a alguien como ella hay que creerle siempre, aun cuando no diga la verdad.

El sobrino una vez se pintó las uñas con esmalte nacarado y de un día para otro su piel olió a crema Hinds y a desodorante Impulse. El tío lo invitó a dormir con él. Con el apretón caliente de esos brazos hechos por el campo, la flor adolescente durmió con un ojo abierto cada noche hasta que le perdió el miedo. Y lo dejó entrar y se le metió hasta tocarle el pupo. Flor de Ceibo se aquerenció y vivió el incesto como si fuera un noviazgo, con sus celos, con sus broncas. Cuando comenzó a escasear el vento, salió a la calle a buscar la vida, que era una buena profesión, al fin y al cabo. Salió a la ruta donde había visto a otras travestis y se les prendió. Al final de la primera jornada, ya parecía llevar la misma sangre que ellas. El dinero se le hizo propio y se dio gustos que con su tío no se daba, como el café con leche con medialunas por la mañana y la Coca-Cola todos los días en la mesa. Se tomó un colectivo y se fue a la ciudad, se compró ropa y al rato ya estaba llena de tipos que se desesperaban al hacerle el amor en hoteles baratos pero oportunos. El tío se puso vago y vendió el taxi, echó panza y los dientes se le cayeron. Adelgazó y su pelo rubión como de gringo mesopotámico se puso seco y amarillento. Flor ya no quiso servirle en la cama, comenzó a ahogarse con su aliento a pobreza y se divorció en secreto de él. Por esos mismos días comprendió, porque sus amigas de ruta se lo hicieron saber, que su tío la había usado por años. Maldijo en su idioma, para adentro y con martirio. Se quedó con él, pero le hizo pagar la mugre con el rigor de su desprecio.

Flor de Ceibo duerme tumbada en la reposera que va moviendo a medida que se corre el sol, tan cansada que ni se percata de que desde el techo de la casa de al lado dos niños la espían. Cuando el sol se va del patio, se mete dentro y encuentra al tío a mate limpio y novela de la tarde, la peor actuada.

—Como una mujer, hay que ver... —murmura al pasar.

El tío continúa alelado en la pantalla. Ya se hizo la hora: se toma el yogur descremado sabor a vainilla directamente del sachet, como medio litro sin respirar. Se mete bajo la ducha, se enjabona, se afeita las piernas, las nalgas y dentro de ellas también hasta quedar lisa como una lápida. Se seca. Se pone crema. El tío la ve borrosa por el vapor del baño. Se viste con esa ropa diminuta con que la vimos por la mañana.

—Tené cuidado, que anda mucho boludo suelto.

—Sí, ya lo creo... Acá mismo tengo al campeón de los boludos sueltos.

—En serio te digo. Y ahora pa'colmo han agarrado a cruzar la ruta esos perros de mierda. Cada dos por tres hay un accidente. Se dan vuelta los autos por esquivar esos bichos. Llena de altarcitos la ruta ahora.

—Cuando necesite un padre me busco uno que no me quiera coger, viejo sucio.

El tío se levanta como para surtirla de puñetes y ella siente miedo en el primer momento, pero casi al segundo se recompone y le muestra su sonrisa de nuevo venenosa.

—Hacelo —le advierte—. Hacelo y fijate si después volvés a dormir tranquilo, porque cuando menos te lo esperés te prendo fuego dormido, a vos y a toda la casa puta esta.

Cuando su sobrina se va dejándolo triste y solo frente a la novela, con su hombría hecha migajas por no haberse atrevido a pegarle, busca el toallón con que ella se secó después del baño y se masturba con rabia apretándose el pingo hasta que eyacula un líquido gris, pegajoso y maloliente en ese pedazo de trapo.

III

Flor de Ceibo en su jornada de trabajo.

Reina del tráfico prudente. Los conductores les tienen miedo a esos perros que han agarrado la costumbre de cruzarse delante de los autos y provocar accidentes. Siempre se llevan un alma para el otro barrio.

Piernas y manos fuertes, capaces de estrangular a un camionero mano larga, llegado el caso. Comienza su noche como una actriz en una obra de teatro. Dosifica su energía. Sabe que no hay ninguna razón para darlo todo en el primer embrollo. Que se puede durar toda la noche sin necesidad de estar parada junto a los camiones. Las noches de verano son fáciles de vivir.

«Si sos viva, no te lleva más de siete minutos. Entre que le decís sí papito y le manoseás el bulto ya lo tenés a punto caramelo. Tenés que ir midiendo el tiempo. Un día te vas a quedar con la boca abierta de lo rápido que te podés ganar la guita». Consejos que le dieron las travestis cuando comenzó a laburar en la zona.

Ahora aparecen dos que la llaman desde un auto con luces azules, como las que lleva la policía. Y ella, que ya despachó a uno en cuestión de media hora, que se lavó como pudo en el baño de la estación de servicio, acude ondulando en la noche como una serpiente que en vez de escamas tiene pelos.

Luego de las retóricas del comercio, los tres amantes parten en auto hasta un hotel alojamiento a unos pocos kilómetros de ahí. El Beso Viajero se llama el hotel, y es visitado con ardor por las travestis de la zona y tal vez alguna pareja ocasional que se escapa hasta ese punto del planeta, donde sucede esta historia. Los muchachos son sencillos, no dicen mucho, no tienen curiosidad por ella; hablan del clima, del último accidente de la ruta, cuando un animal que todavía los especialistas no pueden identificar, una especie de perro con patas largas, se le atravesó a un auto.

Flor de Ceibo está aburrida, piensa en otra cosa, en la monja que la saludó esta mañana al volver a su casa. Los hombres hablan y hablan, y ella se queda atribulada frente al recuerdo de las religiosas de piernas peludas y la monja untada por la luz de la mañana que le sonrió con tanta dulzura y chorreando baba.

Los ojos se le llenan de lágrimas que no podría explicarles a sus clientes llegado el caso, entonces con la uña endurecida por capas y capas de esmalte se arranca una lágrima de los ojos y la avienta fuera del coche. En el lugar donde cae la lágrima, la tierra se quema, la vegetación se consume.

Llegan al hotel, arreglan el asunto económico, se desnudan, juegan, van y vienen de un cuerpo a otro. La luz de las flechas de neón que indican a los conductores que entren al templo del sexo por turno se cuela por los sitios que las cortinas no acaban de cubrir. Desde su camastro de reina, con un pie pequeño pero ancho, acaricia sus cuerpos de gringos criados con leche fresca y pan casero, mientras ellos le aprietan las tetitas de perra y le dicen putita, putita linda. Uno de ellos, el menor, le resulta atractivo a Flor de Ceibo. Es alto, ancho y macizo. Es simpático, además. De esos palurdos que dan ganas de llevárselos a una cabaña en la montaña para obligarlos a andar desnudos mientras trabajan la tierra; dan ganas de decirles te quiero y mordisquearles los pezones de durazno que tienen. Pakis y hermosos.

El otro le pone de prepo el pito en la boca y la toma por la nuca para empujársela hasta darle arcadas, ella siente que está cogiendo con un lavarropas. Con un chifonier.

—¿Está todo bien? —pregunta él.

—Sí, está todo bien. ¿No te gusta cómo lo hago? —Flor de Ceibo se muestra inocentona, como si no estuviera pensando en lo que piensa. La pregunta del cliente la trae de nuevo al yugo laboral. Se levantó a dos gringos pampeanos en plena ruta y ahora debe responder como la profesional que es.

—A ver, hacelo y te digo.

Y Flor de Ceibo hace lo que tiene que hacer, pero está desconcentrada. ¿Qué hace ahora pensando en las monjas que se cruzó por la mañana?

La cosa se prolonga, le lleva mucho tiempo hacerlos acabar. Esto podría durar horas y horas. Por suerte el precio fue arreglado de acuerdo con el turno del hotel, tendrán que pagar o pagar, o mirar el reloj con más atención.

Ella tiene algunas teorías bastante comprobadas en el campo de la aceleración del orgasmo. Una chica como ella aprovecha sus recursos. Por ejemplo, hablarles como si fuera una niñita los hace acabar más rápido.

El beboteo, le dicen ahora. Ella se pone a gimotear y hacer pucheros y el orgasmo llega. Funciona con muchos, de modo que ha perfeccionado la técnica de su beboteo y eso los pone fatales. Si la lentitud es radical, un dedo en el culo siempre pone las cosas a su favor. Ningún cliente con problemas para eyacular se resistió a su dedo. Un poco de baile y ya está. «Vamos a comprobar si la teoría todavía es cierta», piensa, y se moja el dedo grande y quiere hurgar en las nalgas del tipo que menos le gusta, para hacerlo terminar rápido y poder ocuparse del que sí le gusta. No es mala praxis, pero en el intento, no sabe si porque su uña está larga o porque no se untó lo suficiente el dedo con saliva, en el momento en que ella, esmerada en la mamada, hurga con el dedo en su culo, el muchachote le da un puñetazo en la cabeza, un poco más arriba de la sien, y la tumba de desconcierto e indignación.

—Eh, no le pegués —dice el otro—, no quiero líos con este trava.

—Me quiso meter el dedo en el culo, el putazo.

—Pero no le pegués, que vamos a tener un quilombo.

Flor de Ceibo se pone de pie, todavía un poco atontada. Intenta asirse a algo pero no encuentra a qué y cae de nuevo. Finalmente logra incorporarse, los tres en silencio, cada uno estudiando cómo salir del paso. Este es uno de esos momentos en los que el aire se corta con una tijera, ella piensa que así se lo contará a sus amigas cuando todo termine. Están asustados los clientes porque ven cómo Flor de Ceibo se balancea. No vuela ni una mosca en la habitación. Ella poco a poco estabiliza su cuerpo y en un pestañeo salta sobre el cuerpo del que le pegó y lo muerde en el hombro hasta clavarle los dientes. Dos tipos fortachones no pueden despegarla de la carne.

Cuando lo suelta, encuentra que sus clientes están aterrados. Ella sabe que hay que meterles miedo para hacerles lo que se le cante.

—Dame tu plata y la de él y los celulares y el reloj —dice. Mete la mano en su cartera y saca una navaja brillante como un cubo de hielo y la empuña con firmeza, para que no se dude de cuán peligrosa es.

—Dejame sacar los documentos —le ruega uno de los clientes.

—Te voy a devolver la billetera.

Ella se viste rápidamente, sin descuidar jamás la retaguardia. Está mojada de la saliva de ambos, la ropa interior se le pega por la humedad. Y así, como si nada hubiera pasado, se retira de escena, llena de gracia, ante la mirada desconcertada de los clientes que le tocaron en suerte.

—Se quedan acá quince minutos y salen. Hay cámaras en el cuarto. En el hotel me conocen. Si me hacen algo, la gente del hotel me defiende.

—Ya te voy a cruzar —la amenaza el mordido.

Al atravesar la entrada del hotel se encuentra con una de las mujeres de la limpieza, que fuma un cigarrillo.

—¿Qué hiciste, Flor? —le pregunta al verla pasar.

—Yo no hice nada.

Saca un pañuelito de papel tissue y se limpia la sangre de los dientes y los labios, que le quedaron un desastre por andar dando mordiscos.

Cuando comete esos robos siente que la adrenalina la hace viajar mejor que la marihuana, mejor que el éxtasis o el alcohol. Podría sentir culpa, pero es travesti. Trabaja en la ruta, la culpa no es para un animal como ella. Para ella es tirarse luego al sol y ataviarse de crema Hinds y desodorante Impulse y hacer sufrir de deseo a su tío. Para ella es devolver el golpe con otro golpe, limpiamente, honradamente, a todos los que la agreden. Con la policía es fácil tratar. No hay un solo policía que no quiera carne travesti. Para ella son los hechizos, los muñequitos donde clavar alfileres, las maldiciones a las casas. Las travestis han hecho bien en regar el miedo con sus hechizos en las puertas de las casas de aquellos que las maltratan. Pasan el bichito del temor de boca en boca como un beso. Flor de Ceibo está protegida por esa trinchera en la que ella también cavó su parte.

IV

Flor de Ceibo camina confiada por el costado de la ruta. Gira como una modelo de pasarela cuando los autos tocan bocina. Pero el auto de los niños a los que acaba de robar se sale de la ruta y se estaciona en la banquina cortándole el paso. Flor de Ceibo corre hacia el campo y se interna en las plantaciones de soja, corre con sus tacos desvencijados, escucha los insultos por detrás, oye que la distancia entre ella y los vengadores se acorta. Corre más y más por entre los sembrados como una zorra que salió a cometer travesuras y detrás van los hombres mancillados, estafados y humillados. El maíz ahora, el maíz alto y dorado como los sueños de Flor de Ceibo, la esconde de sus perseguidores, que van por detrás dispuestos a darle su buena cagada a palos por haberles hecho eso a ellos, que son dos buenos chicos, que no hicieron nada malo.

La luna es traslúcida y blanca y las piernas de Flor de Ceibo, que son de acero, comienzan a ablandarse. Se desvanece. Cuando los muchachotes la ven caer se acercan con cautela, la ven sin alma en el suelo y deciden hurgar en su cartera para recuperar sus celulares, el dinero, lo que sea que ella tenga.

—Vamos, a ver si quedamos pegados en algo —dice el gringo pendenciero.

—Tendríamos que avisar —le dice el otro.

—Dejala, que la encuentren los jotes primero.

V

Flor de Ceibo abre los ojos. Está en un cuarto fresco, tan fresco que no siente calor incluso tapada bajo las colchas y las sábanas cegadoras de tan blancas que están. Huelen bien. El piso es de adoquines de madera y el techo, que es más bien tirando a bajo, está cruzado de dinteles. Huele rico dentro del cuarto, las paredes rezuman olor a cal y secretos de mujer. Sobre la cama, Flor de Ceibo distingue un gran rosario de madera que cuelga encima de su cabeza. Le duele un ojo, lo siente hinchado, se toca y nota que tiene la ceja cubierta con un vendaje, todo el borde está hinchado.

145

En la blancura de la funda de la almohada, hay un pequeño archipiélago de manchas de sangre, pero ella no lo ve.

Apenas recuerda unos arañazos por correr a ciegas entre el maizal. Debe haberse golpeado al caer. El oído va despertando y escucha como si un perro agitado resoplara debajo de su cama. Se agacha como puede para ver, pero no hay nada. Sigue escuchando la respiración.

Se abre la puerta. Una monja de las que vio en la ruta entra casi en puntitas de pie.

—¿Estás despierta?

—¿Dónde estoy?

—En el convento de las Hermanas de la Compasión. Te encontramos anoche en el límite del patio. No quisimos avisar a nadie por las dudas, hasta que recobraras el conocimiento.

La monja sale y se la escucha gritar en el pasillo:

—¡Hermana Rosa! ¡Se despertó!

Ladridos, esta vez nítidos. Y luego gritos de júbilo de otras monjas. Se abre la puerta nuevamente y entra la monja que le había sonreído la mañana anterior en la ruta. Detrás, los pasos de otras monjas. Una muy joven, morena, más tímida que una liebre, se llama Úrsula. Otra monja delgada, vital como una lagartija, curiosa y sincera, es la que más la mira y se presenta con un beso espontáneo en la mejilla.

—Soy Shakira.

Flor de Ceibo está un poco perdida, como si caminara sobre un colchón de agua. ¿Será que esas monjas pícaras le dieron alguna droga?

—Es mi nombre de verdad. Nací cuando Shakira era un boom. A mi mamá le gustaba mucho. Tenía catorce años cuando me tuvo.

Junto a Rosa, Úrsula y Shakira, hay una viejita a la que todas llaman Madre. Entre ellas hablan en susurros. No se entiende lo que dicen, parece ser otro idioma.

Ahora la hermana Rosa se sienta al borde de su cama. Es tan suave que parece imposible tenerle miedo. Le toma la mano que tiene un raspón en carne viva y comienza a lamerla, le pasa una y otra vez la lengua.

Úrsula dice, como dando una explicación técnica:

—La saliva tiene muchos anticuerpos, te va a hacer bien.

—Soy la hermana Rosa. Estás en el convento de las Hermanas de la Compasión. Es el 24 de noviembre del año 2019. Ya te vio el médico. Teníamos miedo por el tremendo golpe que tenías en la ceja. Te dieron cinco puntos. Sabíamos que no se podía llamar a la policía, por las dudas. Vienen muchas chicas como vos acá. Hemos tenido huéspedes como vos hasta dos años seguidos. A veces con la esperanza de que tomen los votos, pero por el momento ninguna lo hizo.

Luego de una pausa larga, agrega apretando su mano:

—Estás en casa.

Las otras monjas sueltan una risita que la hermana Rosa detiene con un «¡Chito!».

—Mi tío debe estar preocupado —murmura Flor de Ceibo.

Flor de Ceibo recibe algunas imágenes, borrosas monjas que la alimentan, espectros de monjas que la limpian, que rezan a su lado, que conversan con ella, monjas que tienen las uñas gruesas y sucias como si hubieran cavado en la tierra. La hermana Rosa tumbada en el suelo junto a su cama lamiendo su mano lastimada. Vencida por el sueño, se duerme otra vez sin poder preguntar mucho más. Apenas murmura por segunda vez que deben avisarle a su tío.

Despierta con muchas ganas de ir al baño. Intenta incorporarse pero tiene muy poca fuerza. Se nota las piernas en los puros huesos, como si no hubiera caminado nunca. Siente que algo le molesta bajo el camisón. Al tocarse se da cuenta de que le han puesto pañales. «Ponete de pie, marica», le dice la Flor de Ceibo que tiene adentro. «Ponete de pie, marica, vamos». Cuando logra pararse, no dura ni un pestañeo. Ahí nomás se cae.

—Nena, ¡cómo te levantaste sola! Me hubieras llamado.

Qué la va a llamar si apenas puede mover la boca. Parece que llevara una lengua mucho más grande que la suya bajo el paladar. Una lengua pesada y desobediente. La hermana Úrsula la lleva en andas hasta el baño y le baja el pañal. A Flor de Ceibo le da vergüenza que la monja vea su pito, pero a Úrsula parece darle lo mismo.

—Quiero hacer caca, ¿podés salir? —dice Flor con la última fuerza que tiene.

—No te puedo dejar sola en el baño, hacé tranquila que yo miro para otro lado.

Después de intentarlo, su panza no quiere aflojar.

—No voy a poder.

La monja toma un poco de papel higiénico y le limpia el pito como si limpiara las comisuras de un bebé.

Luego le pone otra vez el pañal y la lleva al cuarto. La sensación de borrachera se disipa.

—Tengo un poco de hambre.

—Esa es buena señal. Enfermo que come no muere, decía mi abuelo. Gran verdad. Ahora te traemos un desayuno.

—¿Qué hora es?

—Las 10.13 de la mañana. En un ratito el sol va a entrar por la ventana. Mirá. —Descorre la cortina para que vea el espectáculo del sol poniendo luz sobre las cosas, la luz que se desplaza a través de los lapachos del patio, que están más en flor que nunca.

Y al rato Flor de Ceibo se ve tomando un café con leche riquísimo y muy dulce con rodajas de pan casero y manteca, miel, una compotera con ensalada de frutas, un vaso de jugo de naranja y una flor del lapacho sobre la bandeja. Y el pancito es esponjoso y liviano y el agua es dulce y hay una rodaja de jamón y un pedazo de queso junto al plato.

—¿Cómo me encontraron? —pregunta.

—Por la perra. La Nené. Nuestra perra. Vino a buscar a la madre superiora con un alboroto; era temprano, estábamos rezando el rosario de la aurora. Salimos y vimos a la Nené hociqueándote desesperada y te trajimos en brazos.

—Me perseguían unos clientes y corrí de más. No me di cuenta.

—Te perseguían para pegarte.

—Sí. Les robé, en mi cartera están sus cosas.

—Se las deben haber llevado, en tu cartera nomás estaban tu documento y las llaves de tu casa.

La hermana Úrsula suelta una risita que incomoda a Flor de Ceibo, le da un poco de rechazo cómo se ríe. Ya la escuchó reír antes. Recuerda los documentales sobre la sabana africana de *La aventura del hombre*. Las hienas riéndose alrededor de un animal muerto.

Flor de Ceibo continúa paladeando el café con leche que todavía está caliente.

—Podés dormir después de desayunar.

—Creo que puedo caminar —dice Flor de Ceibo.

Se pone de pie. Tiene a la monja a muy poca distancia de su rostro. Huele como un trapo húmedo. La monja sonríe con cara de estúpida y, mientras lo hace, un hilo de baba cuelga y se balancea. Ella parece no darse cuenta. Flor de Ceibo pierde el equilibrio y vuelve a sentarse.

—Me mareé —se excusa.

En un segundo intento, apoyada en el hombro de la monja, dará unos pasos. Esos primeros pasos en el cuarto del convento son para ella el inicio de una historia nueva, de un cambio de sufrimiento. Pronto las puertas del convento se abren ante esos pasos y va conociendo las paredes del lugar donde la han cuidado.

Aparece en una cocina muy iluminada, con muchos electrodomésticos en los estantes, con horno pizzero y una cocina a leña en una punta y otra a gas en la otra. Una heladera de dos puertas y una mesa larga con ocho asientos de cada lado. Y luego una galería, cruzando la puerta, las columnas sofocadas de hiedra y flores minúsculas que están como vivas en el aleteo de su amarillo. Y más allá de la galería, un patio, con parrales y damascos y durazneros y manzanos y limoneros y perros que juegan y gatos que duermen en las ramas, y pájaros grises como semillas, y atrás de todo eso, la huerta, con su propia cultura, más salvaje que el Amazonas, con tal anarquía y salud como nunca se vio en el mundo.

Los pasos de Flor de Ceibo se hacen cada vez más fuertes. La hermana Rosa está sacando de la huerta unos zapallos verdes que se comen con la mirada, pero al verla pasar le sonríe otra vez, como le sonrió la mañana anterior en la ruta. Más allá, la hermana Shakira les da de comer a las gallinas, a los patos, a los pavos, que andan a sus anchas como dueños y señores.

—Acá te encontró la Nené —le dice la hermana Rosa a Flor de Ceibo.

—¿Es una monja? —pregunta la otra un poco atontada por la caminata y esas visiones oníricas que le salieron al paso. Creyó ver a la monja más viejita de todas, la madre superiora, ordeñando una cabra que cantaba entre chisguete y chisguete.

—No, es nuestra perra —responde la hermana Shakira—. ¡Nené! ¡Venga, Nené!

Y ahí se escucha sacudirse entre las matas a un animal de buen tamaño, un quejido de hembra que parece desperezarse de una siesta temprana y las pisadas de un ejemplar pesado. Al rato aparece el hocico entre los yuyos bajos, cuadrado, fuerte y pardo, y la pata que es del tamaño de la pata de un caballo. Es alta y elegante. Flor de Ceibo se asusta al verla y cae de espaldas sobre el pasto mullido. Nené se acerca, la olfatea y, por un segundo, Flor de Ceibo Argañaraz cree verla sonreír.

—Es mansita, no le tengas miedo —le advierte la hermana Shakira.

Un griterío viene de la galería del convento. Flor de Ceibo se incorpora para ver y alcanza a distinguir entre las plantas y los animales que se cruzan a dos monjas tironeándose del pelo sobre el piso, dos monjas peleando como dos vecinas cualquiera. Debajo del hábito no llevan absolutamente nada. Son puro pelo y un matorral de pubis oscuro. Las separa la monja más vieja, la que llaman Madre; a varillazos las separa y les pega unos buenos gritos.

Flor de Ceibo no respira, no parpadea, no mueve un dedo. Nené está muy cerca de ella. Tiene el hocico feroz a centímetros de su nariz. La monjita muy liviana de hábitos le dice que es una perra, pero eso no es una perra. Eso es otra cosa. Como si leyera sus pensamientos, Nené retrocede y aúlla con un grito de bruja. Estornuda y va a perseguir de lo más divertida a las gallinas en el patio.

—¡Ay, qué Dios mío, qué era eso! —dice Flor de Ceibo.

—La querían matar, la tentamos con comida; tenía un hermano, pero lo mató un gringo —añade la madre superiora, que vuelve de separar a las dos monjas que se pelearon.

—Está preñada, ¿viste? —continúa la madre superiora, que a pesar de sus años la ayuda a levantarse con un solo tirón. Fuerza de titán—. La gente ignora lo que le conviene y se han puesto a odiarlos porque dicen que son satánicos. Y digo yo: cómo un animal satánico viviría feliz en un convento. Si a veces hay que cuidar que no nos tome el agua bendita de la iglesia.

—Me ladraba entre las rodillas como avisando algo —agregó la hermana Rosa—. Es inteligente. Nos falta entenderla mejor, pero es casi como hablar entre nosotras. Se quedó junto a tu puerta toda la noche. Cuando hace calor le gusta dormir adentro o acá en el bosquecito.

—¿Estás cansada? —le pregunta Shakira.

—Un poco, pero me gustaría quedarme al sol —dice Flor de Ceibo.

Se hace el mediodía y almuerzan unos sánguches de quesillo de cabra que ellas mismas hacen, con tomates de la huerta y huevos a la plancha. Los panes caseros están untados en un puré de palta que también proviene del patio del convento. Se ve que Dios quiere mucho este convento.

Mientras devoran los manjares con limonada, se escucha un accidente en la ruta, a unos doscientos metros del lugar. Las hermanas Úrsula y Shakira abandonan sus platos y salen disparadas para ver qué sucedió.

—La Nené —dice la hermana Rosa y salta de su asiento—. Por favor, terminá de almorzar que nosotras vamos a ver qué pasó.

Se va a los gritos, Nené, Nené, pero la perra o lo que fuera no acude al llamado.

—No damos para disgustos —dice la madre superiora—. Es un animal hermoso, pero mal visto. Los gringos son muy supersticiosos, vos debés saber. Los ven en el campo y les disparan porque tienen miedo. Una vez vino un veterinario y nos dijo que no eran domésticos. Me dijo el nombre del animal pero me lo he olvidado. Ya te voy a mostrar yo que son domésticos.

—La madre superiora se levanta sin ninguna dificultad y con un gesto invita a levantarse también a Flor de

Ceibo, que tan entretenida estaba con su sánguche—. Acompañame.

Van por un pasillo fresco y limpio hasta una puerta como cualquier otra. La madre superiora la abre y delante de los ojos de Flor de Ceibo aparece un patio que no es el patio en el que estuvo por la mañana. Este es aún más grande y tiene menos árboles, pero sí rosales y unos floripondios carnívoros que de un tarascón se comen a los colibríes. A los saltos, retozando por todo el patio, hay cientos de perros como Nené. Cientos de esos perros con patas de caballo. Se meten entre las piernas de Flor de Ceibo amenazando su equilibrio, pero la madre superiora la sostiene con su fuerza de fenómeno.

—Si no los tenemos acá, se van a extinguir —dice la madre superiora entre sus «uy, uy, uy» y sus risas por el recibimiento de esos bichos—. Vamos, volvamos a terminar de almorzar. Mañana te los presento a todos si querés. Están bautizados. Los bauticé yo en el baptisterio de la capillita. Si se entera el cura me mata.

Regresan al comedor y terminan de almorzar. Al poco tiempo llegan las hermanas Úrsula, Shakira y Rosa, con unas caras que dan pena. Shakira no para de dar vueltas sobre sí misma, como si se hubiera desconectado de su razón.

—Otra vez la Nené… se cruzó delante de un auto y por esquivarla se fueron contra un repartidor de la SanCor.

—¿Hubo muertos? —pregunta la madre superiora con indolencia.

—La familia del auto. Un matrimonio con una nena.

154

Flor de Ceibo piensa inmediatamente en Magda, la niña que vimos conversar con ella en el baño de la estación de servicio. Úrsula retoma su almuerzo, absorta.

—¿Se sabe el nombre de la gente que murió?

—No. Era un Ford Ka rojo. Quedó hecho mierda.

—¿Y Nené?

—No sabemos, salió corriendo para el otro lado de la ruta. Eso dijeron ahí —agrega Úrsula.

—Está viva, si no los otros estarían como locos —dice la hermana Shakira.

Llevan a Flor de Ceibo a su habitación y la dejan descansar toda la tarde. Por la noche le traen la cena: sopa de verduras con media palta dentro, regada con limón. Té verde frío para tomar. Es la hermana Rosa quien la atiende.

—Lo que no podemos hacer es dejar que te vayas.

—¿Cómo que no? Yo me voy cuando quiero —responde Flor de Ceibo envalentonada por la comida.

—No podés. Nené nos pidió que te conserváramos. No te podés ir.

Flor de Ceibo cree que la drogan con la comida. Tira la bandeja al suelo y empuja a la monja de la sonrisa maternal y la tumba contra un pequeño banquito frente a un escritorio antiguo de pinotea. Al abrir la puerta están los perros enormes mirando a la hermana Rosa, que ahora se pone de pie entre risas y quejidos.

Flor de Ceibo quiere salir, pero los perros gruñen y se les eriza el pelo del lomo. Intuye que no es algo que pueda resolver esta noche. La sonrisa de loca peligrosa de la hermana Rosa le deja una señal brillante como la flecha de neón del hotel de sus pecados. Vuelve a su cama y se entrega al sueño mientras la monja recoge la bandeja y los restos de comida.

VI

Siempre pide hablar con su tío, pero las monjas tienen una evasiva nueva cada vez, excusas que logran convencerla en el momento. Y ella que apenas puede andar como borracha de la cama al baño no tiene fuerzas para insistir. Se despierta por la noche dispuesta a encontrar un teléfono, lo ha escuchado sonar, tiene que estar cerca, pero cuando no hay un montón de perros parados frente a su puerta, su mareo es tal que regresa a la cama y duerme inevitablemente.

Una mañana alcanza la puerta que da al patio donde están los perros y ve a su tío siendo despedazado por los animales. «Que sea la droga», pide Flor de Ceibo, mientras se acerca a la carnicería. «Que sea la droga, que sea la droga». Pero es su tío, el rostro flaco, los ojos hundidos, el pelo de la barba amarillento por el humo del tabaco. Los perros gruñéndose unos a otros por arrancar un pedazo del cuerpo. Una mano la toma del pelo y la obliga a arrodillarse. Cuando mira a contraluz, se encuentra con la madre superiora completamente desnuda. No tiene un solo lugar del cuerpo sin pelo.

—Te dije que tu tío no respondía el teléfono. Ahora sabés por qué. Te había hecho mucho daño, Flor de Ceibo, se lo merecía. Los perros no cometen injusticias.

VII

Las noches de luna menguante, las monjas sacan a Flor de Ceibo desnuda al segundo patio, el patio enorme liderado por los perros. La recuestan en una piedra bajo la noche y le dibujan una cruz invertida en la frente, con sangre de la mano de la madre superiora. No importa la temperatura que haga. Llaman a Nené, que viene al trote. Los perros están echados, aúllan mientras las monjas organizan la celebración. Todas cantan salmos cristianos:

Dios está aquí, tan cierto como el aire que respiro,
tan cierto como la mañana se levanta,
tan cierto como yo te hablo y me puedes oír.

Nené se sube a la piedra, encima del cuerpo de Flor de Ceibo, y la lame, de punta a punta, con su lengua arenosa. A Flor de Ceibo le da unas cosquillas bárbaras y por lo general está aturdida de vino patero que las mismas monjas fabrican. En cada ritual la emborrachan como si no hubiera mañana. Ella va una y otra vez contenta, sin resignación. La tratan como a una reina, como a una estrella de cine. Ahí, bajo la noche y encima de la piedra del sacrificio, Nené la besa entera, por delante, por detrás, sin dejar un solo rincón sin raspar. Las monjas tocan la pandereta y cantan. Ella larga sus carcajadas a la luna menguante y se deja hacer. Luego, entre los aleluyá aleluyá y el olor de la perra, ve a Nené ponerse de pie y convertirse lentamente en ella misma. En Flor de Ceibo. El mismo pelo, la misma piel, los mismos ojos. La madre superiora le alcanza la ropa con que la encontraron en el maizal y ayuda amorosamente a la nueva Flor de Ceibo a vestirse.

Cada luna menguante, Flor de Ceibo Argañaraz se ve a sí misma irse del segundo patio entre los cantos de las monjas. Va directamente a la ruta. Quisiera advertir a los clientes que no es ella, que es una perra con patas de caballo que provoca accidentes en la ruta por gusto nomás. Pero no tiene fuerzas para perseguir a Nené, la usurpadora de su apariencia. En algún momento escapará, cuando descubra qué clase de orden es la Compasión y cómo se sale de allí. Le cuesta tomar envión porque la comida es muy rica y las sábanas siempre huelen bien.

Cotita de la Encarnación

Dimos más de cien nombres cuando comenzaron a torturarnos. No quisimos enviar a nadie a la hoguera, pero el golpe y el miedo ignoraron nuestra voluntad y nos convertimos en delatoras. Cada delación aportaba más resentimiento. A lo último apretábamos tanto los dientes, obligadas a hablar, que comencé a masticar las astillas de mis propias muelas. De esos más de cien nombres, tacharon uno a uno los de los españoles. Ellos eran intocables. Los perdonaron y dejaron a unos cincuenta prisioneros hacinados que yo veía desde el fondo a través de mis ojos hinchados a puñetes y lágrimas. Habremos sido poco más de cincuenta sodomitas los que encerraron en ese sótano durante el mes y nueve días que duró nuestro proceso. Todos sodomitas del este, indios, mulatos y negros desperdigados por los suelos como esquirlas de una guerra. A ellos, a los extranjeros, en nuestra propia tierra, los perdonaron por encima de nosotros. Dijimos una y otra vez que los españoles absueltos venían al oriente obligados por nuestro canto, que cruzaban hasta San Pablo olvidándose de la Corona, de las piedras de la iglesia y las recomendaciones de sus antiguos libros. Pero no importó.

De los cincuenta y tantos detenidos, no sobrevivimos más que diecinueve. Murieron en los interrogatorios, en el mismo sótano en el que nos tenían a todos extinguiéndonos de hambre y de sed, nadando en nuestra propia mierda aguada y en nuestra orina ensangrentada por lo mucho que nos habían roto por dentro. En el mismo México donde todo abunda, donde todo crece y sobrevive. Cuando todavía éramos cincuenta, soltaron los perros que llenaron su panza con la carne de los que estaban cerca de la reja. Los condujeron después de una hambruna de días hasta el foso donde nos tenían confinadas. Abrieron las rejas y soltaron sus cadenas. Se vinieron encima de los sodomitas que habían sido detenidos últimos, justo después de nosotras. La sangre orienta la sangre como una brújula. Solo hay que derramar una gota para hacer un río.

Las primeras cuatro, las que dimos los nombres, estábamos muy al fondo. Las primeras que apresaron. Nos encontraron la noche del 27 de septiembre durmiendo unas sobre otras, muertas de miedo, en una casa que pensamos que nos escondería mejor. Nos sacaron arrastrándonos de los pelos. Yo rogaba que tiraran de otro lado, por favor, que iba quedándome pelona, pero no me escucharon. Nos arrojaron ahí abajo después de azotarnos como bestias. Estábamos bien al fondo de la catacumba, cubiertas por la sombra de nuestra propia vergüenza.

Juanito Correa, La Estanpa, llegó al otro día de la detención, fue a la primera que buscaron. Vino bañado en sangre y con el rostro corrido de lugar a causa de tanto golpe. Le faltaba un pedazo de lengua que se había mordido durante una convulsión por tanto palo recibido en la cabeza. Y con el pedazo de lengua que todavía le quedaba, me juró que iba a caer toda la maldita Ciudad de México, que se iba a terminar el asunto de gozar a escondidas. Con el mismo pedazo de lengua me consoló por mi debilidad, por haber dado los nombres de quienes fueron mis amigas, mis amantes, mis mentoras, mis más grandes amores.

Recuerdo el sol sobre mi culo como los ojos de un dios calentando mi piel. Yo saltaba sobre el pito del amante aquel del que ya no supe nada. Alto el sol de la tarde, bajo unos sauces que nos cubrían con sus lágrimas, el Texcoco salado escuchando mi apareamiento. Mientras subía y bajaba de su verga, rogaba tener limpitas las tripas para no arruinar el momento con ningún rastro de mierda, porque este amante que tenía dentro me gustaba y era virgencito. ¡Qué afortunado se sentía! Debutaba nada menos que con el cuerpo de la gran Cotita de la Encarnación, Juan de la Vega Galindo, la más aseada, travesti amada por su madre, querida por sus vecinos, traicionada por su amiga un 27 de septiembre, recién comenzado el otoño. Todavía recuerdo la cantidad de veces que escupí la palma de mi mano para lubricar nuestro pecado bajo esos testigos divinos: los árboles, el agua, el cielo y el sol. Y recuerdo también las risitas que ignoramos porque todo estaba tan bonito entre los dos que nos quedamos gozando como bestias. Pero alguien nos espiaba, alguien sabía lo que no podía saberse.

Juana, una lavandera con la que más de mil tardes lavé en el lago la ropa de tantos, fue la que nos descubrió uno encima del otro. Corrió con las autoridades y dibujó un rayo entre mi espalda y su dedo. *Juana, me mataste*, le dije, pero ella miró a la tierra y la tierra le dio vuelta la cara. *Juana, me mataste, le dije, a mí que jugué con tus hijos, a mí que puse paños de agua fría sobre la frente de tu Miguelito, cuando la fiebre amenazaba con llevárselo a la Huesuda. ¿No compartí mi maíz y mi chocolate contigo? ¿No nos reímos juntas, como amigas, una junto a otra, al ver a dos changos pelear por un plátano? ¿No te consolé cuando tu esposo te pegó? ¿No lo maldije, acaso?* Pero Juana ya no me escuchó, ella había hecho lo suyo, nos había delatado por estar haciendo el amor como los perros.

¡Tú, y tú, y tú! Y también tú estuviste en mi casa. Bebiste del agua fría que te serví con generosidad, gritaba La Estanpa, señalando uno por uno a los curitas que bajaban a tirarnos agua bendita. *¡Que lo sepan! Y este guardia que está aquí parado, y también ese que me pegó en la cabeza hasta hacerme temblar, todos ustedes me comieron el culo como si en el mundo no quedara pan.* Pero nadie la oía ya, cada uno sabría si estaba diciendo la verdad, y entre todos se apañaban con que la desgraciada estaba loca. Todo lo que hacían era apuntar con sus cruces hacia nosotras. Y La Estanpa, como poseída, maldiciendo a México. Maldijo tanto que un temblor hizo caer a los soldados al suelo y los puso blancos de miedo.

Durante un mes y nueve días nos tuvieron en esos sótanos donde a veces recibíamos la visita de espíritus muy antiguos, espíritus que habían aprendido a hablar escuchando a los hombres en sus primeras fogatas, al inicio de todo, cuando el mundo todavía estaba limpio. Lamashtu, Lamashtu. Voces muy viejas venían a recordarnos que aún podíamos llegar a comer del platito de la venganza. *Hundan esta ciudad, maldíganla. Sequen el Texcoco.* Una voz confiable, una voz oída toda la vida. Lamashtu. Me puse en pie, asqueada, después de haber chupado los huesos mal rebañados que habían dejado los perros, y condené al lago donde lavé la ropa e hice el amor. *Que te seques, que te comas esta ciudad hasta desaparecerla entera.*

Antes de hacernos salir por primera y última vez al día transparente de México, un hombre chaparro y sucio vino al sótano junto con cinco soldados. Era la mano derecha del virrey, un extranjero maldito como los otros. Cortó las pupilas de trece de los que todavía vivíamos, con un filo de vidrio. Yo le conocía hasta los nombres de los piojos que saltaban en sus huevos. Mi choza lo conocía al derecho y al revés, vestido y desnudo, digno y mancillado. Tal vez por eso me dejó conservar mis lindos ojos indios. Cuando se fue, entre alaridos y maldiciones sodomitas, vendé una por una a las trece maricas ciegas con las ropas que habían resistido a las dentelladas perrunas. Les besé los ojos para dar sepultura a sus miradas. La Estanpa gritaba que no necesitaba de sus ojos, igual los veía perfectamente, que recordaba sus nombres, que se iba a vengar de cada uno de ellos.

De los diecinueve que iniciamos la marcha hacia el fuego, tan solo llegamos catorce a San Lázaro, donde estaban los leprosos. Las trece ciegas y yo. Dimos el primer paso sabiendo que muchos de los que ahí caminábamos no llegaríamos a arder como nos merecíamos. Recuerdo las lenguas anaranjadas tan altas que parecían querer quemar las nubes con sus arañazos de fuego. La leña todavía tenía ese perfume violento del verano reciente, la madera goteaba resina apenas la acercaban al calor. Las chispas parecían dibujar nuestra futura danza junto al diablo.

Alrededor la gente se reía, bebía vino; bailaban como remolinos, como si estuvieran viendo ángeles pasar frente a sus ojos. Nosotros, ángeles caídos, puestos en vergüenza delante de todos. Las ciegas tropezaban, caían, se volvían a levantar. Así eran, como un ajolote. Yo veía en la multitud manos que sostenían piedras del tamaño de una cabeza humana, lanzas filosas que mantenían en alto, los rostros deformados entre la risa y el grito. Desnudas dábamos tristeza. *Cotita, Cotita, qué sabor tiene la carne*, gritaban. *Juanita Correa, cómo te sangra el culo, pecador*. Se iba haciendo barro bajo nuestros pies, nos orinábamos, nos cagábamos con una mierda líquida como de pájaros. Teníamos terror. Muchas lloraban. Alguna se puso a hablar en su lengua materna, ciega bajo los trapos con que contuve la hemorragia. Lengua de indias, la lengua de nuestras madres. Era la tarde y sobre el Zócalo se dibujaban sombras acariciadas por los niños que jugaban con palitos, como espadas, se daban muerte como grandes señores. La última visión, como una última cena. Nos despedían todos los colores de las indias que miraban asustadas detrás del apelotonamiento de gente. Las indias lloraban, se abrigaban con el rebozo, y mi corazón tosió de pena, se raspó por dentro, y pensé cómo los mataría, uno por uno, con qué placer me los hubiera comido crudos. A los hombres que había amado y que ahora estaban ahí queriéndonos muertas. A los vecinos. A Juana Herrera que me había condenado a esta muerte. A los vecinos que contaron con pelos y señales mis amores de noche. A los demás. A las mujeres a las que les cuidé los hijos. Mujeres a las que di abrigo cuando sus esposos las corrieron de sus casas. Mujeres a las que compraba tortillas y frutas en el Zócalo, mujeres con las que compartí una ramita de alguna planta que crecía en mi casa. A todos, con cuánto gusto los hubiera matado.

Me revolqué con todos los hombres que nos tiraban inmundicias, como la gran puta que era, la sirena puta del lago Texcoco. Había cogido con cientos de aquellos hombres, les había enseñado todo todito sobre el amor, no les había enseñado más pues… porque ya no quedaba nada que enseñarles. Les enseñé a desear, a respirarme cerca y decirme cosas bonitas mezcladas con porquerías. Los acostumbré a la suciedad del amor, a su olor a caca, a los picores y goteos, a las pústulas, las ampollas y las fiebres, a la costra y a la roncha, a los ardores, a los cardenales que quedan después de pelearse cuerpo a cuerpo con un otro. Los acostumbré a la sangre y al aliento limpio de beber tanta agua y mascar tanta menta, a lubricar con el moco de las pencas, a comer frutas mientras con nuestro fornicio faltábamos el respeto al dizque dios y al dizque rey. Les enseñé a perder la vergüenza de estar en manos de otra persona, en cueros y con tanto apetito. Incluso les enseñé a hacer el amor con sus mujeres. Los había comido enteros, recostados en la hierba donde yo misma dormía cada noche, bajo las hojas de plátano que debía cambiar después de cada lluvia. Cuando me hacían el amor, parecían nadar en un río moreno, oleoso. Yo derramaba aceite como una lámpara agrietada, ellos conocían cuan oscuras eran las tinieblas dentro de mi culo, la noche larga que escondía entre las nalgas, la piel estriada de las torvas y las axilas, mi pelo negro y lacio, ralo por los años que llevaba en la tierra. Conocían punto por punto los hilos de mi jubón, las cintas de colores que chorreaban de mis mangas, la señal que dejaba para decirles el camino a mi boca, a mis manos y a mis intestinos. Les había dado chocolate de beber en la boca. *Qué delicia tu chocolate, Cotita*, decían, y yo me untaba las nalgas de chocolate que hervía y ellos me lamían. *No vayas a estar sucia, Cotita*, decían ellos, y yo me retorcía y les contestaba que de ese pozo se podía beber agua con confianza.

Sí. A esos hombres yo les decía mi alma, mi amor, claro que lo hacía. Estaba engendrada en lo cursi. Mi madre india lavaba la ropa al atardecer sobre una artesa brillante y pura. Mi madre me daba de comer en la boca flores de zapallo cuando era pequeña y enfermaba. Mi madre fue la primera en llamarme Cotita, renunció al nombre de mi bautismo, ningún Juan para nadie. Yo les decía mi amor y ellos pagaron con la hoguera. Una larga canción de amor mexicana. También fui eso, además de pecadora. Un poema escrito por Rosario Sansores. Una Llorona con pito que se arrastraba por la noche en las flores del camposanto. Un corazón que fallaba latiendo en la voz de Chavela. El tesón de La Doña frente a los mediocres que nos querían de rodillas y en silencio. Eso era yo entonces y no lo sabía. En la marcha, mientras nos llegaban de todos lados los piedrazos y los escupos, yo solo me lamentaba por mi cuerpo.

La caminata no duró mucho. Nos hacían caminar a punta de lanza. Estábamos ya cerca de la hoguera, pero mi adentro se iba hacia atrás, allá muy lejos cuando era niña y no había poder divino que hiciera que no me sentara en el suelo como las mujeres y no ajustara mi talle con hilos de colores y no quebrara la cintura al bailar. Vi el mantel que bordó mi madre el día que me fui de su casa para vivir mi vida, muy cerca, donde alquilé una choza que prendieron fuego. La casa donde bailé y pequé y pequé hasta que fue imposible salir viva de aquello. Me fui tan atrás —tal vez alucinando por el hambre que por fin conocería su fin— que tuve entre mis manos, en el camino de la vergüenza, el mantel que me regaló mi madre aquel día que partí. Bordó un guajolote esplendoroso, un guajolote valiente que miraba hacia adelante desafiando mis ojos. Los ojos que el inquisidor conservó. Mis ojos que vieron el amor en los ojos de muchos amantes, una especie de piedra transparente dentro de la pupila. Algo que querían darme pa'hacerme yo unos pendientes, pa'que mi madre bordara en mis faldas. Mis ojos que habían jugado con casi todos los niños de San Pablo. Los ojos de Cotita de la Encarnación, que había cuidado y querido hijos ajenos más que a su propia madre. Les enseñé a contar y a decir oraciones en silencio, pa'que los angelitos los protegieran y pa'que el animal en que se convierte el espíritu cuando dormimos fuera fuerte y bravo. Los niños venían a mi falda, *tía Cotita*, decían, sorteaban las gallinas, los perros y las cabras, las plantas carnívoras que los acariciaban al pasar. Me traían fruta, llenaban de frutas mi falda. Me regalaban ranas de todititos los colores, *tía Cotita, te queremos mucho.* Sus padres me conocían, sabían que era honrada, que jamás lastimé a nadie, ni a la sagrada tierra de México, ni al polvo de muertos sobre el que caminábamos, ni a la visión de Dios desde un cielo muy lejano. Los niños también gritaron de júbilo. Ellos también celebraron cuando vieron mi choza arder. Ellos también escupieron.

Había lavado sus ropas. Les conocía el olor de arriba y de abajo y de más abajo, les conocía los manchones de todo lo que puede manchar un cuerpo. Lavaba sus ropas y las secaba al sol, como si fueran mías. Teñía sus camisas con betabel y les sahumaba los humores con copal.

Nos empujaban a la hoguera y al mismo tiempo nos herían con sus lanzas. La gente celebraba como si fuera Año Nuevo. Comenzaron a arder, uno por uno, los sodomitas del poblado. El aire se arruinó con el lamento y el olor a comida, a carne asada. Los ancianos se cubrían la nariz con sus pañuelos embebidos en vino, que les dejaban negros los labios y las barbas avioletadas. Gritaban con desesperación y al final ya no les quedaba garganta y tan solo ardían. La carne quemada se metió por mis narices y me privó para siempre de cualquier otro olor.

Por último ardí yo. Antes, mordí la oreja de varios y ahí me partieron la frente con un garrote. No sé si era la cuarta o quinta vez que me cagaba encima por el dolor. Me ardió, fue eterno, hay que morir en una hoguera para saber cuánto tiempo es la eternidad. Me quise arrancar de mí misma, quitarme de encima lo que dolía. Con lanzas me mantuvieron entre las llamas. Y cuando el dolor se extinguió y todo se volvió estrellas, vi a una mujer con cabeza de cerdo. Tenía garras de gato en las manos y una gran cicatriz en el vientre. La voz de mi madre cantó una canción en náhuatl, fue ciñéndose a mí; yo que había quedado disgregada de dolor volví a ser un cuerpo y la mujer con cabeza de cerdo me dijo: *Lamashtu. Quédate con sus hijos. Quédate con ellos. Lamashtu.* Era la misma voz que nos había aconsejado en el sótano donde estuvimos presas.

Y entonces supe que volvería a este mundo una y otra vez después de muerta. Entregaría mi bondad al Leteo, bebería un sorbo de su agua para olvidar y regresaría a este mundo para arrastrarme bajo sus camas, poner pequeños cánceres en sus estómagos, en sus pulmones, haría crecer pelotas de uñas y de pelos entre sus órganos y sus músculos. Regaría con enfermedades la existencia de sus descendientes, de todos aquellos que me encontraron la noche del 27 de septiembre de 1658 y de los que me vieron morir en las llamas un mes y nueve días después. Metería en la carne de sus hijos mi alma resentida. Así me mataran, me quedaría con sus hijos. Los tomaría siendo niños, cuando no diferencian la crueldad de la bondad, y ahí, en esos cuerpecitos de nada, depositaría mi vicio travesti. Permanecería en su carne hasta el entierro y una vez muerta volvería y me buscaría a otro, hijo, nieto, tataranieto tal vez de todos los que me traicionaron. Los usurparía de noche, les cambiaría su nombre, su reflejo en el espejo. Iría matando la esperanza de verlos convertirse en hombres y los perfumaría con aceites de mujer, con gestos de mujer, los envolvería en listones y les pondría dentro, muy dentro, un hambre terrible por sus esposos, por sus generales, por sus presidentes, por sus obispos y papas, por sus hijos, por sus hermanos, por sus nietos, por sus jefes y sus esclavos. Y después, me los cogería a todos.

Cuando solo quedaron cenizas y carbones de los catorce sodomitas que quemaron en aquella fiesta alegre, me quedé maldiciendo y desatando pequeñas tragedias en la vida de esa gente. Cuando arrojaron los restos de la matanza al lago Texcoco, nosotras comenzamos a secarlo. Ya no queda ni su sal.

Seis tetas

Sodomítico dícese del pecado en el que caen los homes yaciendo unos con otros. Et porque de tal pecado nascen muchos males. Cada uno del pueblo debe acusar a los homes que fascen pecado de luxuria contra natura, et este acusamiento debe ser fecho delante do judgador do ficiesen tal yerro. Et si les fuera probado, deben morir tanto el que lo fasce, como el que lo consiente.

«Las Siete Partidas» o «El Código de Alfonso el Sabio»

El pájaro ha perdido su color. Las plumas de su cola, antes rojas o amarillas, ahora no tienen color. Parece un pájaro hecho con saliva. Su canto, amargo como un bocado de mierda, me pone los pelos de punta, aquí, en el monte. Escribo y escribo. Hay que escribir lo que nos pasó. Hierven los acontecimientos, todos los días nos encontramos con una mala nueva de la naturaleza. Nada es tranquilo aquí. Todo está vivo, todo raspa, muerde o envenena. Hay que escribir, hay que escribir, ahora, al final del mundo. Me acompañan mis perras y el pájaro transparente que de tan ladino ha perdido su color. Los días son muy calientes, las cosas se ven como detrás de una cortina de nailon. Las iguanas salen disparadas por esa especie de arena que hierve bajo los pies. Mis queridos pies de hombre, mis pies enormes, con callos, juanetes, infecciones por donde gusanos como serpientes se retuercen y se desean. Durante la noche refresca, me tiro encima mis lanas, me

171

cubro como mejor puedo; limpio, cocino, crío a mis animales. Pero siempre llego tarde a escribir. Voy muy detrás de lo que pasó, y a pesar de mi retraso, escribo y pienso en el mundo que dejé atrás, hace muchas vidas.

Hay que escribir, desde el principio, para llenar las horas en la naturaleza que no se calla nunca. Es lo que sabe hacer el cuerpo. Esta es la costumbre de mis manos y mi pensamiento, la costumbre que viene de la vida anterior, cuando escribía sobre cine y a veces sobre literatura en un diario de la ciudad. Repercusiones que tenían en mi vida determinados libros o películas, actuaciones que me deslumbraban, escritoras que me enloquecían, contaba la vida de actrices inolvidables como Carmen Maura o Annie Girardot, y contaba la vida de las escritoras también. Cada semana escribía sobre esto y escribía también un intento de novela que quedó en mi vieja casa. Tenía prestigio y un sueldo que me permitía ser feliz. Lo digo: el dinero me hacía feliz.

«Esa vida es muy cara y se la van a cobrar». La Machi enviaba a sus pájaros camaleones a las casas de todas las travestis de la ciudad y nosotras, distraídas y amancebadas, pensamos que se había vuelto loca. Era muy vieja La Machi. Llevaba muchas vidas sobre la tierra. Creíamos que iba a morirse pronto y todavía no nos había nacido ninguna Machi nueva que guiara el destino de las travestis de mi época. «El cielo se pone rojo muy temprano, están planeando una matanza». Los pájaros camaleones llegaban a nuestras ventanas con las notas que La Machi escribía envueltas en sus patas y, al menos yo, lo tomé como el delirio de una vieja, una amenaza sobre nuestra riqueza.

Me faltó lucidez.

Primero vino la Claudia y dijo que en una de las casas donde limpiaba por hora el marido milico de su patrona le había pedido que se anduviera con cuidado, que no saliera sola a la calle. A partir de ese consejo, se hizo acompañar por su chongo cada vez que salía del trabajo. El militar no le había dicho por qué, pero ella tuvo miedo. Y luego vino la Rufiana a mi departamento, completamente roja porque había corrido una maratón escapando de un grupo de adolescentes que le lanzaron piedras.

Y La Machi insistió: «Rajen». Y las notitas atadas en las patas de sus animales se volvieron cada vez más imperiosas. Pero estábamos ocupadas en gastar nuestro dinero, en hacer nada para que no se arrugara el hocico.

Las actrices y las cantantes travestis comenzaron a ser acusadas, en los programas de chimentos y en los noticieros, de pederastas o de violadoras. Luego siguieron las políticas y las maestras, las periodistas, las escritoras, y al poco tiempo todas teníamos el ojo de una espada posado sobre nuestras cabezas.

Por último, se escuchó sobrevolar a los drones que gritaban con voz robótica:

¡TODO TRAVESTI DEBE MORIR Y, CON ÉL, TODO AQUEL QUE LO HAYA TOCADO TRES VECES! COLABOREN CON EL MUNDO. ¡MATEN UN POCO!

La policía se excusaba. Decía que esos drones no pertenecían a las fuerzas de seguridad. Nos burlábamos pensando que eran fanáticos religiosos. Me burlé incluso de la consigna: el viejo Prévert les obsequiaba sin saber esos versos tan bonitos: «Entonces maten un poco», «Un paseíto y uno se va». A quien sea que escribió el comunicado le gustaba la poesía.

Pancartas, publicidades de televisión y radio, manifestaciones en la calle, pegatinas, folletos en las escuelas, predicadores en las plazas, todo había colaborado. Pero ni desde el gobierno, el ejército o la policía sabían darnos respuestas.

«¡No hay tiempo de buscar culpables! ¡Corran, mierdas!». Los pájaros insistían. Pensábamos que, si sucedía algo grave, La Machi vendría personalmente, convocaría a un encuentro, pero los días pasaban y los drones malditos comenzaban a gritar cada vez más temprano y se callaban cada día más tarde:

A LOS CIUDADANOS LIBRES Y DECENTES, LLEGÓ LA HORA DE TERMINAR CON ESTA DEGENERACIÓN QUE SOCAVA LA PAZ DE NUESTRAS FAMILIAS. MATEN UN POCO. MATEN MÁS. MATEN A LOS TRAVESTIS Y A TODOS AQUELLOS QUE LOS HAYAN TOCADO MÁS DE TRES VECES.

Morir junto con todos los que nos hubieran tocado más de tres veces. ¿Cómo podía saberse algo así? ¿Cómo podían comprobar que fulanito había tocado a una travesti más de tres veces?

No pasó ni un mes desde que tronaron en el cielo por primera vez los drones hasta que mataron a la primera. Vi en Instagram el video que tenía millones de megusta y celebraciones de todo tipo en los comentarios.

Sometieron a una travesti en una tienda de ropa y rellenaron su boca y sus fosas nasales con prendas que estaba probándose hasta asfixiarla. Las vendedoras aplaudían. Ese mismo día, mi hijo llegó de la escuela y se encerró en su cuarto gritándome que no quería salir más de allí, que era mi culpa. Que en la escuela había carteles con ese llamamiento: «Matar a los travestis y a todo aquel que los haya tocado tres veces».

Los drones pedían a los demás que nos asesinaran y nosotras habíamos olvidado una violencia original y transparente que nos sirviera como defensa, la violencia honrada que auspició nuestra perpetuidad.

Una tarde, volvía del trabajo sin creer cómo había cambiado el aire en tan pocos días. Cómo guardaban silencio las personas cuando pasaba cerca de ellas, en la calle, en la redacción del diario, en el supermercado. Todos se callaban y miraban al suelo, con vergüenza. De pronto, muy cerca de mi departamento, cuatro niños me salieron al paso. Llevaban uniforme de colegio, las mochilas colgaban de sus hombros. Eran como mi hijo, tal vez de la misma edad. Me cerraron el paso. Uno gritó que yo era un degenerado y lanzó una piedra que me dio en el flanco izquierdo. Luego otro tiró más piedras, todas dirigidas a las piernas; comenzaron a despegar los adoquines flojos de la peatonal y arrojármelos con más y más ensañamiento. ¡Eran niños, qué podía hacer yo! Hasta que uno tuvo puntería y me pegó justo en la sien y me tumbó al suelo. Apenas se disipó el atontamiento, me levanté como para matarlos, para comérmelos crudos. Pero uno ya venía con el azote en alto y, zas, me lo dio justo al lado del ojo. Silbó un poco en el aire y cuando se asentó en la ceja el dolor casi me desmayó. Estábamos solos en la peatonal —los días de matanza amedrentaban a los vecinos—, los cuatro mocosos y yo. De un salto, como si nunca me hubiera olvidado de que fui bestia, me lancé al cuello de uno y le arranqué un pedazo de carne por donde se le escapó la vida. Y al del azote le puse un patadón justo en medio de la frente, su bonita frente de niño bien criado, y cayó muerto. Los otros huyeron gritando que había un travesti, y escuché el temblor en los adoquines del paseo y supe que venían por mí.

Al llegar a mi departamento encontré a mi hijo curando un gran tajo que mi esposo tenía en su espalda. En su trabajo lo habían señalado como uno de los deshonrados. Las mujeres le habían dicho que se fuera y, al perseguirlo, le habían arrojado una gran computadora en el lomo. Le abrieron la espalda con un tajo que parecía la promesa de un ala.

Y corrimos, simplemente corrimos.

En nuestras casas quedaron los microondas y las bañeras con hidromasaje y las depilaciones definitivas y las cirugías estéticas y las cómodas almohadas de pluma donde reposamos nuestros cuerpos acostumbrados al buen vivir. Atrás quedaron los sillones donde hicimos el amor, las duchas calientes cuando volvíamos a casa, las ventanas cerradas durante el invierno para concentrar el calor. Sobre mi escritorio quedaron los tickets para la obra de teatro que veríamos con mi esposo el fin de semana siguiente y una taza de té caliente que habíamos preparado para tranquilizar a nuestro hijo. Las fotografías, los vestidos, la ropa interior junto a un jabón exótico, los recuerdos de los viajes y la mampara de baño con el paisaje del monte Fuji. Mi hijo lloraba por sus juguetes, por sus cuadernos, por sus dibujos pegados en las paredes. Por sus amigos, que con terror lanzaron piedras a su cabeza. Por sus maestras, que lo sacaron por los salones de actos sin fijarse cuántas veces lo habían consolado en sus años de estudiante cuando se burlaban de él porque era el hijo de una travesti todavía posible, no prohibida como ahora. Mi esposo iba mudo, con los ojos bien abiertos. El pájaro que traía advertencias y cambiaba de color volaba sobre nuestras cabezas. Tenía urgencia por que escapáramos.

Nos fuimos por las escaleras cubiertos como pudimos para que no nos reconocieran los vecinos. Al llegar a la calle, nos recibió un silencio nuevo, algo luctuoso y denso como la envidia. Nuestro auto, que había comprado en veintiocho cuotas con mi sueldo de periodista, estaba en una cochera y no nos atrevimos a ir por él porque no sabíamos cómo reaccionaría el sereno. Caminamos pegados a las paredes por esa ciudad que tosía balaceras y gritos de travestis que pedían piedad. Mi hijo no quiso andar. Dijo que se quedaría, que no daría un paso más y que todo aquello era mi culpa. No podíamos cargarlo. Llevábamos comida y agua y abrigo, y pesaba como todas aquellas muertes. Le rogué que no levantara la voz, que no llorara, que alguien podía escuchar. Mi esposo tuvo menos paciencia y le pegó, a nuestro hijo que amábamos más que a nada. Mi hijo gritó y él tapó su boca con esa mano enorme con la que también le hacía caricias. Lo miró a los ojos y mi hijo entendió. No supe cuánto nos llevó acercarnos a los bordes de la ciudad, donde algunas mujeres con pañuelos en la cabeza oteaban detrás de las rejas de sus casas las figuras fantasmales que aparecían en aquellos límites. Travestis ensangrentadas, mutiladas, en las últimas y en las anteúltimas. Travestis que cargaban a sus padres en brazos, travestis muy viejas, algunas que no cumplían ni los quince años. Ahí descansamos por primera vez.

Una que se recuperaba de la corrida dijo que lo sabían todo de nosotras. Dónde vivíamos, en qué calle, en qué piso y en qué departamento, de qué trabajábamos, si teníamos familia o no, a qué hora salíamos y a qué hora entrábamos. También que el objetivo era dejarnos sin La Machi, que fue a la primera que quisieron asesinar para desorientarnos.

—Yo llamé a la policía cuando quisieron prender fuego mi casa, pero se me rieron de lo lindo y cortaron —dijo una de las travestis que perdía sangre por todos lados mientras una de las mujeres del último barrio de la ciudad le ponía trapos embebidos en alcohol yodado para frenar la hemorragia.

Las vecinas corrían y nos daban lo que habían podido conseguir casi de contrabando. Agua, sánguches, alcohol, antibióticos, vendas.

Todavía no amanecía. La noche, otra vez, nos protegía.

Estábamos ayudando a las heridas, tratando de entender qué estaba pasando, decidiendo para qué lado huir, cuando apareció una niña de apenas once años. Al vernos se desmayó con un gemido. Mi esposo cargó a la niña en brazos y la encontró llena de moretones.

Tenía los pantalones manchados de sangre. Mi hijo se había quedado sin habla.

Las mujeres que nos socorrieron esperaban nuevas tandas de fugitivas que precisaban su ayuda. Parecían organizadas y a la vez con temor por estar haciendo aquello que estaba prohibido:

—Nosotras no las tocamos —dijo una enseñando las palmas como prueba de su inocencia—. No les pusimos ni un dedo encima.

—Tenemos que meternos por el medio del campo y tenemos que hacerlo ya —ordenó mi esposo.

Pedimos a las mujeres que avisaran a las demás hacia dónde íbamos. Confiamos en ellas, sin saber por qué. Dimos las gracias de rodillas y seguimos adelante.

Comencé a arriar a las otras, y rengas, mutiladas, machucadas y sin fuerzas dimos los primeros pasos de nuestro éxodo. Evadimos la Circunvalación, saltamos los cercos y nos metimos campo adentro. Pronto el sol dibujó nuestras sombras alargadas sobre los pastos y ya no eran sombras humanas. Lejos se escuchaban sirenas, las voces gritonas de los drones, disparos y alaridos que helaban la sangre. Y un grito más cercano, aquí, en el grupo de personas que escapaban conmigo:

—¡Hija!

Era mi mamá. Había podido escapar. Corrió a mis brazos como una niña que encontraba a su madre después de perderla en la calle.

Caminamos largas horas esquivando toda señal de vida humana, bordeando caminos y adentrándonos en los cañaverales. Mi madre tosía y guardaba los pormenores de su huida. Cada vez que le preguntaba cómo, ella respondía negando con la cabeza. Hablaba con otras que se sumaban al éxodo. Iba de travesti en travesti averiguando detalles, elaborando teorías y confirmando sospechas, y luego volvía y me lo contaba. Para que yo lo escriba. Para que la escritura recuerde por mí.

Nos fuimos bajo tierra, por los techos, en el baúl de los automóviles, dentro de bolsas de basura, huimos como pudimos, cubiertas de paños, sin ser definitivamente nada. Por las cloacas nos fuimos. Nos pisaban los talones los que querían matarnos, nos olfateaban sus perros que babeaban por el olor de nuestra carne. Nosotras apenas podíamos andar con los restos de nuestras vidas, lo que habíamos arrebatado de repente.

Casi al borde del primer monte, un grupo de asesinos nos alcanzó y tuvimos que pelear con dientes y uñas. Y muchas murieron. También vimos morir los cuerpos viejos de nuestras madres. La mía gritó y cayó muerta, las balas le perforaron la espalda. Mi hijo quiso desasirse de su padre y correr tras su abuela, pero él fue fuerte y lo arrastró al Espinal. Yo pedí por favor que se detuvieran, que era anciana, que no tenía responsabilidad alguna, que no era madre de nadie, que estaba senil y huía por miedo, pero los hombres y mujeres que nos daban caza eran sordos y ciegos.

Lloré mientras avanzaba, no me podía detener. Íbamos rumbo a las sierras. Los caminos de piedra estaban callados. Trepamos por la montaña y el bosque de helechos nos hirió con su fauna. Los murciélagos nos drenaban. Mi hijo no dormía, muchas veces no quiso caminar. Mi esposo cargaba su cuerpo. La niña que traía en brazos desde el final de la ciudad había muerto horas atrás. Tardó mucho tiempo en darse cuenta de que ya no respiraba. Como la mujer de Lot, giré muchas veces para despedirme de mi casa allá en Sodoma; esperaba ser sal, quedar clavada a la tierra como un árbol, pero no, no me dejó. No quiso. No sé quién se preocupaba por mí desde el otro lado. Tal vez las legiones de espíritus que alimentamos en nuestra casa.

Al sabernos muy lejos, bajo el sol de un mediodía que prometía quemarnos vivas, improvisamos carpas con vestidos y colchas y descansamos hasta que se hizo de noche. Sin prender fuego por miedo a que el resplandor delatara nuestra presencia, nos sentamos en círculo para reflexionar sobre lo sucedido.

Nuestros teléfonos celulares comenzaron a apagarse, uno tras otro. Nadie pegó un ojo esa noche. La Luz Mala bailaba a nuestro alrededor como una odalisca de lumbre. Antes del amanecer, levantamos los trapos y continuamos la marcha.

Pronto llegamos a la Pampa de Achala y sentimos frío y un gran desconcierto. Mi esposo, que solía escalar en toda piedra que hubiera cerca de la ciudad, dijo no reconocer aquel monte que se divisaba a lo lejos.

—Eso no estaba ahí, al menos hasta hace dos meses —dijo, y otros hombres que venían con nosotras asintieron.

—Pero conviene seguir andando.

—No es un espejismo —dijo una voz travesti allá al fondo. Era La Machi, que venía sobre el lomo de un perro enorme, casi de la altura de una mula pero mucho más veloz. Un perro blanco chorreado de manchas oscuras. Todas guardamos silencio cuando atravesó la caravana para ir al frente. Llevaba una bolsa llena de escopetas cargadas. Repartió entre quienes sabían usarlas y dijo:

—Si dejan de lamentarse, van a escuchar que la tierra solita nos va guiando.

Varias nos desmoronamos. Caímos de rodillas como ante un ángel. Muchas de nosotras no la habíamos visto ni una sola vez en la vida. Muchas la esperamos cuando comenzó toda esta mierda, pensamos que nos salvaría con su magia, con los hechizos que había aprendido e inventado a lo largo de todos sus años sobre la tierra, pero estaba vieja y recuperando fuerzas en algún rincón del país, y no podía enfrentar toda esa maldad junta. Pero aquí estaba, había llegado, y verla sobre su perro, con sus pájaros camaleones revoloteando sobre su cabeza, fue como ver a Dios.

La Machi conocía bien el paisaje. Se había criado en la cima de la sierra, arriba de toda la piedra, arriba y más arriba de todos los arroyos y saltos de agua, más allá de la pampa que con su paja brava cortaba las piernas que traíamos desnudas. Nos advirtió sobre serpientes que sumían en agonías sin paz. Escorpiones que te pudrían en segundos si clavaban su aguijón. La seguimos. Por primera vez dormí mientras caminaba. Ni mi esposo ni mi hijo se dieron cuenta de la sonámbula que andaba a su lado.

Luego de horas y horas de abrirnos las plantas de los pies con los filos de piedra de ese paisaje nuevo, La Machi detuvo la marcha y acarició la vegetación del lugar. Pegó su oído a la tierra y escuchó el rumor de las raíces reventando de juventud y fuerza, la herida que hacían los brotes en la superficie. Comenzó a susurrar el mantra de siempre: *Naré naré pue quitzé narambí*. Con esa oración nos dormimos, y al despertar los árboles densos como paredes nos dividieron del mundo.

Aquí armamos nuestra casa. Primero fue un día y la carne de nuestra familia renegaba. El clima era otro y peligros que habíamos olvidado volvieron a andar entre nosotros. No sabíamos cómo cubrirnos, cómo hacer seguro un techo, hacia dónde orientar nuestras ventanas. Luego fue el segundo día y pensamos en comer y en beber agua y salimos a conocer el lugar. Y pronto fue el tercer día y mi esposo tuvo ganas de hacer el amor y yo de darle el gusto y nos tiramos sucios como estábamos a repasar qué era aquello de meter y sacar y lamer y morder, aunque nos asqueaba el olor que salía de nuestras bocas y axilas. Al cuarto día llovió y nos empapamos como recién nacidos y lloramos. Todas lloramos. Y los hombres lloraron ocultando sus rostros. Al quinto día secamos todo lo que traíamos al sol, incluso a nosotras mismas, desnudas en el monte como quirquinchos. Secamos nuestra pena, la doblamos con cuidado ayudándonos a tomar las esquinas y la guardamos bajo tierra. Al sexto día la vida se pareció a nosotras y algunos fueron a cazar y cocinamos en varias fogatas que se extendían hasta más allá de la oscuridad. Tan grande era la población de los prohibidos. De fogata en fogata, los exiliados preguntaban si habían visto a tal o a cual, que era de tal o cual forma y respondía a tal nombre. Y a veces alguien corría a brazos de otro y yo tomaba en brazos a mi hijo, no por amor sino por soledad. Por la magnitud de esa angustia. Necesitaba a mi hijo conmigo, entre mis pechos, quería su cuerpo sin tierra contra el mío.

La Machi salía a cada rato montada en su perro enorme y atigrado a buscar heridas, perdidas, todas las personas que nos habían tocado más de tres veces y que llegaban hasta aquí orientadas por los pájaros. Cruzaba el muro de árboles que se ceñía a nuestro alrededor y las traía al campamento, que cada día tenía más refugiadas. Esas primeras semanas de recién llegadas, no descansó nunca. Queríamos ir con ella, pero rechazaba nuestra compañía y emprendía los rescates solita con su alma, cargando sobre el lomo de su perro a los que no podían dar un paso más. Aquí curábamos, dábamos agua, abrigábamos o refrescábamos, según los caprichos del clima. Ya teníamos algunos hábitos. Procurábamos contar la historia cada luna llena. Nos juntábamos a eso, a contarnos la historia desde el comienzo, lo que vimos, lo que oímos, lo que nos hicieron en la piel, las marcas de las fustas y también las marcas del amor. Pequeños clanes, alrededor del fuego, nos contábamos todo lo que recordábamos e incluso inventábamos hasta que se nos dormía el cuerpo.

Yo escuchaba como un radar, quería escucharlo todo y recordarlo todo. Cada cosa dicha en esas reuniones, porque luego escribiría, así fuera en la tierra para que cualquier viento lo borre, volvería a escribir.

Todo es monte. Parece no terminarse nunca el asunto enmarañado, las espinas que hieren cuando se va al trote, escapando del animal o persiguiéndolo, o simplemente tratando de espantar a las fieras para que no se coman al pájaro transparente este del que escribo, uno de los pocos que quedan en el mundo y que se aquerenció en mi casa. Dicen que este pájaro es pariente del Quetzalcóatl, que a su vez es pariente del gran ave Fénix. El pájaro todavía existe porque vive bajo tierra, cava su propia madriguera. Un pájaro así, como un camaleón de plumas que cambia de tamaño hasta ser pequeño como un gorrión o enorme como un águila, vive conmigo y regula con su ánimo el temperamento de mi exilio. Cuando no lo asedia la inquietud o la tristeza, sus alas expandidas tienen el tamaño del abrazo de un hombre. Su cola debe tener un metro, su pico cambia de color con él. Cuando hay cazadores cerca, se pone anaranjado, como es aquí la tarde, y una puede rajar como un chelco y encomendarse a todos sus muertos porque es muy posible que si no corrés termines empalada. Cuando duerme se queda negro negro, parece una bruja cubierta con una manta. Se queja como un viejo. Vino hasta aquí como si no perteneciera a nadie más que a mí misma. Renunció a La Machi e hizo que ella me guardara resentimiento. No me mira con buenos ojos porque dice que me quedé con su criatura, pero me perdona por lo que me pasó. No se resigna a perder al pájaro, pero yo soy su lugar de origen.

Al comienzo éramos las recién llegadas, las extranjeras con olor a culo. El clima cambió año tras año y su crueldad llegó sin ruido como el desamor. Aquí nos quedamos y supimos que la tierra nos protegía al hacer crecer espinas como un muro para nuestro campamento. Los que permanecieron en las ciudades tenían miedo de venir a buscarnos. No funcionaban sus satélites, sus relojes, sus teléfonos celulares, toda su tecnología renunciaba a delatarnos y ellos tenían miedo. Hacían bien. Cuando enviaban sus expediciones para rastrearnos, nunca más se sabía de ellas. La tierra misma se las devoraba por completo.

A algunas comenzó a caérsenos el pelo y con esas chillas hicimos nidos para nuestros hijos. Nos cubríamos el cráneo por la vergüenza de vernos calvas. Estábamos peladas y solas. Extrañábamos nuestros maquillajes, nuestros aceites, las cremas con que nos untábamos, los rubores de la cosmética, la sombra con que bordeábamos nuestros ojos. Estábamos en el monte cada vez más desnudas, el rigor del sol nos hería, el frío también, teníamos los labios tan resecos que no podíamos sonreír sin sangrar, nos ardía la piel, en un año envejecimos quinientos, nuestro cuerpo era un puñado de tierra.

Una travesti de buenas carnes apareció desnuda y cubierta de barro, y sobre la piel de tierra había dibujado espirales. Sobre el vientre, sobre los hombros, en la espalda, un arañazo. Otra siguió su ejemplo y otra y otra, y pronto estuvimos todas maquilladas de nuevo; el barro se secaba de distintas maneras sobre nuestros cuerpos, los había blancuzcos, grises, negros. Otras encontraron restos de ladrillos en los hornos abandonados donde construimos nuestros templos, otras mezclaron sus conocimientos con el reciente paisaje y encontraron tintes verdes, tintes rojos para nuestra carne nueva. Con la sangre de nuestras encías, sombreábamos los párpados, enrojecíamos la boca. Las manos que nos acariciaban decían que nunca habían tocado algo tan suave, polvillo apenas, dejábamos restos de nosotras mismas en todo lo que rozábamos. Como una maldición travesti.

Muy cerca, casi al ritmo con que dejábamos rastro, venía el zorro por quien traicioné el luto por mi esposo. Me andaba por detrás, siempre espiándome, con los ojos como punzones sobre mi cabeza pelada. Según el zorro, me vio llegar y le gusté inmediatamente, solo que tenía mucho miedo porque desconfiaba de los humanos, no quería acercarse. Pero no le creí, por el perfume a traidor que emanaba de su pelaje.

Qué más daba, una vez muerto mi esposo —lo escribiré más adelante, lo prometo—, le abrí las cortinas de mi rancho de viuda hecho de barro, de yuyos, de montones de paja con la que me abrí tajos en las manos, tajos por los que sangré y me pudrí. Los corderos vinieron a lamer las heridas. Estaba emputecida, no podía conmigo misma de ganas de darle todo.

—¿Qué querés que te dé? ¿Querés que te dé mi vida, mi casa, mi nombre? Orientame porque ya no sé qué darte —le rogaba, le imploraba.

Y ahora no me queda más que resentimiento sobre la falda. Lo odio. Deseo que mire su reflejo sobre el río, todo él, que no le quede un palmo sin ver, que no tenga refugio de sí mismo, que nunca pueda escapar de eso que es, de punta a punta, desde el pelo más hermoso que le dio su madre hasta esas patas inmundas con que ensució mi casa.

Pero el rencor se escribe gota a gota. No es tiempo de escribir mi rencor ahora.

Mi espalda se encorvó, mi pelo se hizo cano. Mis tetas se afinaron y alargaron con un gesto de amargura. Me hice así, como soy ahora. Me entregué a la dictadura de los minerales y las bestias ciegas. Hundo mis pies cuando camino y ellos echan raíces a cada paso, cuesta desprenderme del amor de la tierra, las raíces arrancan secretos de mica, lombrices que dicen mi nombre; yo continúo un paso delante del otro, me pesan las tetas, me arrastra el culo, mi pene cuelga muerto bajo las faldas que me guarecen de los mosquitos, las avispas y la mordida de las víboras.

Extraño la cordura antigua. Amaba con locura las ciudades. La ciudad que hervía de gente y de coches y de transportes públicos. Extraño el orden de las ciudades por la noche, cada criminal con su lugar y su tiempo, las putas engalanando las esquinas como un detalle que alguien tuvo para con la luna, los tacones haciendo eco en los negocios cerrados, sobre la piel de chapa. Los gemidos inesperados de una pareja haciendo el amor, tal vez unos pisos más abajo, la risa de mis amigos maricas arañando el vestido del levante callejero. Aquí, por la noche, las cascabeles dan conciertos y su repertorio es insoportablemente triste. Sus voces se meten dentro de una y hacen que la vida no sea linda. Y los mosquitos… odio los mosquitos y tener que quemar bosta del animal que sea para mantenerlos por unas horas a raya. Odio con todo mi cuerpo la picadura del mosquito. Los primeros años aquí creí volverme loca cada noche. Lloraba incluso dormida por la impotencia frente a esos insectos que parecían desearme como yo había deseado a mi esposo alguna vez.

De cuando en cuando llegan los cazadores. Hombres que no aceptan que vivamos ni siquiera en el exilio.

Si un cazador te toma, es preferible que tragues tu lengua antes que estar viva para el gusto de ellos. Muchos han muerto a manos de un cazador. Pero ningún cazador ha salido con vida de nuestro monte.

Andaba duelando a mi esposo, que resbaló corriendo y se abrió la cabeza con una piedra intentando salvar a nuestro hijo. La pena era como una música, una compañía de papel muy fino que venía a reemplazar la vida de mi esposo. Yo, la viuda barbuda. Estaba acuclillada orinando cerca de un molle cuando escuché las ramitas crepitar bajo los pies pesados de un hombre que cargaba un fusil. Corrí orinándome las piernas con el cazador por detrás. Me iba a la muerte toda meada. «Me va a comer, me va a masticar entera», pensaba, y me metí en una cueva donde el cazador no cupo porque era más grande que yo. Con una piedra sellé la entrada. Me quedé tres noches dentro, comiendo renacuajos de un charco de agua. Alumbrándome de a ratos con un encendedor con muy poca carga. A los tres días, el pájaro que cambia de color graznó a la entrada y supe que podía salir. Volví andando, con mi humillación a cuestas, que pesaba tanto como mi dolor. Olía a mierda y a sufrimiento. Caminé todo el tramo de mi huida con terror por cada sonido que invadía mi acústica.

Cuando los encontré en un claro, a la sombra de una piedra con la forma de mi rostro, me quedé quieta. No quise advertirles que yo estaba ahí. Un chancho y un felino en pleno amor del bueno. No niego delante de nadie que sentí calentura, aun con el olor a mierda de mis faldones, aun con el olor a meo y el mal aliento de tres días de no poder enjuagarme la boca. Aun a pesar del miedo, me quedé como una estatua, respirando tan suavemente que la muerte danzó un valsecito peruano y espié el amor entre el gato y el chancho. Me hicieron recordar cómo era coger con mi esposo. Y también la vergüenza, que la creía perdida. Por mi impertinencia. La de andar echa que te echa raíces en cualquier parte, como si el monte fuera mío.

Pasan estas cosas. A veces salgo convencida de que ya no soy hueso, carne y piel. Soy más bien como un error, un espíritu despistado, yo sola, el pájaro sonso este todo apocado sobre mi hombro, negro e indolente como el loro de un pirata, como una condecoración militar por haber sobrevivido al otro mundo. El pájaro que ahora parece hecho de cuentas de vidrio, un adorno de mal gusto.

Es preferible la nada. El mal amor que él me dio, me lo dejó entre las manos como un paño. Lo trajo hasta mi puerta cuando supo que era viuda. Si la de entonces hubiera sido como soy ahora, no lo habría mirado. Pero estaba sola y la muerte de mi esposo dejó un vacío cruzado de descargas eléctricas y quemaduras. Para qué. Me pregunto todavía en la noche, sobre el montón de hierba donde pongo a reposar el cuero, para qué lo dejé entrar. Qué sentido tenía mentirme con que era amor lo que sentía por él y que era amor lo que él sentía por mí. Por esos ojitos claros que no servían para nada, ni para mirar la noche, que cada vez se hizo más larga.

Él como si nada, mirándose en el arroyo como un narciso de nada, para adorarse solo, por la envidia que le causaba nuestro reinado travesti.

Un traficante al que queremos mucho nos trae caramelos. Se mete por entre las matas pero no se hace un rasguño. Tiene las uñas largas y se las corta con los dientes, a mordida limpia, pero las prefiere largas. Bien valen duras y filosas para defenderse del monte. Imita al tero a la perfección. Mi pájaro, al escucharlo, siempre altanero, como si se supiera el más bello sobre la tierra, se pone azul y dorado, y así me entero de que llega el traficante con caramelos. Yo junto los duraznos, las naranjas, el mistol y los granos de oro que le robamos al arroyo. Los llevo en la falda hecha una bolsa, las piernas peludas, el cráneo con el poquito pelo que me queda, las pezuñas negras de tierra. Voy hasta él. Él sonríe, me hace una reverencia, el brazo parece alargársele de tan elegante y sobrio que es, como una flor limpia, como una piedra en el río. Las otras, igual de terrestres, vienen a los trancos largos, perseguidas por sus hijas que arrastran el pelo. Da pena cómo se arruinan el pelo las criaturas.

—Oiga, doña, y usté cómo mastica —me pregunta el hombre rojo, el traficante.

—Con fuerza de voluntad —respondo yo.

Me voy con las otras a paso lento, como quien atraviesa un bosque sagrado. Voy chupando caramelos mientras las observo alborotadas por la dulzura.

Los traficantes traen: medicamentos, Coca-Cola, golosinas, libros, velas, cosméticos, chismes, instrumentos musicales, pinturas, lápices, hojas, bolsas de agua caliente, espejos, fotografías que encuentran en nuestros departamentos abandonados, a cuyas dueñas a veces hallan aquí, vivitas y coleando. Los traficantes traen lujos y placeres. De aquí se llevan el beso de alguna que les quema de por vida.

Vino a mi puerta llamando a los gritos, la tipa esta. Con los puños azotaba las ventanas que eran un infierno de ramas, brazos que se anudaban unos con otros, espinas y bichos canasto. Golpeaba, clamaba con muchas voces mi presencia en la puerta; entonces me levanté, arrié mis tetas y me asomé para verla, la cara de tierra, el escote de tierra, asustada porque su niña estaba con vómitos y náuseas. Se llamaba Lilith y la recuerdo desde el éxodo ayudándome a pasar a mi hijo de un abismo al otro. Aquí en el monte conoció a una deportista profesional, no recuerdo si era boxeadora o maratonista. Tenía piernas gruesas y musculosas. Se enamoraron, como a los dos años de llegar. Su casamiento fue espléndido. Al poco tiempo, una travesti más joven enfermó y como no teníamos medicamentos para ella ni magias (la magia la inventamos después) murió dejando a su hija más pequeña sin madre —una niña que había recogido a su vez en la carrera del exilio—, y Lilith y su esposa deportista la adoptaron. Pim, pam, pum. Ahora que lo escribo siento asombro de nuestra sencillez.

La esposa de Lilith fue caliente y buena conversadora. Salían a cazar y pescar juntas y vendían artículos de limpieza que hacían entrar de contrabando. Una tarde, la tipa sorprendió a una travesti robándose una de sus gallinas y la corrió para darle castigo, pero la travesti venía armada con un machete y por amenazarla terminó cortándole el cuello. Eso pasa por blandir armas blancas a la carrera. Gran tragedia. Se recuerda en el monte el grito de Lilith cuando tocó la sangre de su esposa sobre la tierra.

Pobre Lilith, mi hermana viuda.

—¡Vomita! —me gritaba frente a la puerta—. ¡Tiene náuseas y dice que no se aguanta dentro de sí misma!

Hablaba de su hija. Decía que estaba enferma. No sé por qué me buscaba a mí en vez de buscar a otra, a una médica, había médicos entre nosotros. No. Vino a mi puerta tal vez porque yo hablaba con su hija, le había enseñado a leer y a escribir, tenía confianza con ella.

«Qué le pasará», pensé yo. Me vestí, crucé unas telas que anudé por arriba y por abajo sobre mi cuerpo desnudo. Llegué hasta la puerta de su casa recordando y recordando, escribiendo en mi cabeza las palabras que me habían llevado hasta ahí.

—Hace mucho que no te veo y mirá por lo que te jodo —me dijo Lilith.

—Hay que hacer lo que hay que hacer, ya lo sabemos.

«Acá pasa algo raro», pensaba, y achinaba los ojos como una detective de pacotilla que afila la mirada sobre ninguna pista.

La niña verdosa estaba sentada bajo el alero dándoles de comer a los perros pedazos de pan con polenta y huesos. Tenía la mirada verde y los dientes se le habían manchado de golpe. Parecía hinchada como un perro con parásitos. Me acerqué, le hice un par de preguntas que Lilith no escuchó, como tampoco las respuestas. Al terminar de hablar con la niña, confirmé mis sospechas.

—No hay nada que hacer, está preñada, por lo menos veinte semanas.

Como si hubiera estado esperando mi respuesta, Lilith comenzó a tirarle del pelo a su hija, la sacudió como si quisiera secarla al viento, y la criatura gritaba y tiraba mordiscos al aire intentando defenderse. Debería haber coliseos montados para estas luchas.

—¡Dejala que la vas a lastimar! —alcancé a gritarle.

—¡Cómo lo hiciste, cómo pasó!

Y yo que ya me volvía sin mirarla le dije que ella sabía perfectamente cómo lo había hecho. La leche saltando dentro de su cuerpo y prendiendo en algún lugar de su intestino, como una matriz con mierda en la que hacer una vida, un óvulo ominoso que engañó al espermatozoide.

—¡Y por dónde lo va a tener, se me va a morir antes! —gritó la abuela.

—Ya veremos, lo más seguro es que lo cague —le dije yo, arrancando una vaina de algarrobo y chupándola con parsimonia.

Y comenzó a tirarme piedras.

—¡Resentida! —me gritaba—. ¡No te busco más! ¡No te pregunto más! Sos mala influencia, vos nos trajiste acá y ahora estamos sin hombres y vivimos con miedo.

—Pero si eran los hombres los que nos daban miedo, Lilith —respondí.

—¡Para qué te seguí! —gritaba tirándose de los pocos pelos que humillaban su cráneo.

—No me seguiste a mí, la seguiste a La Machi.

—¿No te das cuenta, travesti bruta? Qué te vas a dar cuenta vos…

—Shhh, shhhh, callate, viejo loco. Dejanos vivir —le pidió su hija.

La muchacha era de culo indomable. Conoció el sexo y le gustó mucho. Esperaba a su amante a la vera del cerco de ramas, el bosque que estaba prohibido para todos menos para los traficantes y las personas que nos visitaban para darnos amor. Lilith ni se lo imaginaba, pero lo sabía todo el monte. Las criaturas se mezclaban unas con otras. Los jabalíes con los gatos, las travestis con los traficantes y con los hombres sin cabeza que nos siguieron hasta el exilio. Las travestis con otras travestis, las travestis con los maridos de otras travestis, la travesti prohibida con el zorro prohibido.

La hija de Lilith era amante de un hombre sin cabeza llamado Rosacruz, que pasaba por debajo de la tierra a nuestro monte. La pendeja lo deseaba, se iba a buscarlo y mentía a su madre. Otras, en la vida de antes, también perdieron la cabeza como ella por estos decapitados que llevaban varias generaciones en el país. Se decía que era como coger con la miel, que estaban azucarados y pegajosos. Ella lo esperaba muy cerca del muro y a veces se dormía en la espera. Él brotaba del suelo como un topo, con el cuello mocho, trepaba y la montaba por horas.

Confundidas por sus gritos, que podían ser de dolor o placer, les tirábamos baldes de agua helada que juntábamos de las acequias, les pegábamos con ramas para ver si se desconcentraban, pero era tal el amor que tanto escaseaba, era tal la desesperación por eso, que no se rendían, y los dejábamos abotonarse como perros. Y le guardamos el secreto a los ojos de Lilith.

Como cualquier madre, lo ignoraba todo de la vida de su hija. Su esposa, la finada deportista que murió por una gallina, ya se lo decía entonces.

—Lo ignorás todo sobre ella.

Lo que nunca imaginamos, lo que nunca pensamos que podría darse, era el embarazo. Cómo nos íbamos a imaginar que nuestros cuerpos, los secos, este vaso de arcilla, estas tetas sin propósito, podían hacer vida.

—¡No es asunto terrestre esto! ¡Que no puede ser! ¡Le voy a envenenar la comida a la muy puta! —gritaba Lilith.

La nona Lilith, ¡eso había que verlo! Pero la vieja no hallaba sosiego. Gritaba por el monte, se tiraba bajo el bosque de algarrobos, espantaba a los cuises.

—¡Se va a morir, la estúpida se va a morir! ¡Cómo se lo va a sacar! Y el padre no aparece, por supuesto. ¡Por qué teníamos que venirnos hasta acá! Teníamos que perderlo todo, olvidarlo todo, fundar todo nuevamente por culpa de sus quereres y ahora esto, la peor de las cosas. ¿Quién va a cuidar de mí si mi hija se muere? Y encima con un hombre sin cabeza, con esos negros de mierda, con esos pelotudos insolventes.

Las garzas huían, blancas de luz cegadora, las patas largas como alguna vez las tuvimos nosotras subidas a nuestros zancos de acrílico. Cada grito de Lilith renegando de su hija les servía para irse y no volver nunca más. Las veíamos partir, sus blancuras por el cielo que cada vez era más negro y con más estrellas.

Y entre los lamentos de Lilith y las nuevas costumbres del poblado, la niña engordaba y echaba su panza hacia adelante. Las travestis ponían sus manos sobre el vientre que se movía en todas las direcciones. ¿Qué se estaría gestando ahí dentro? Los días pasaban y necesitábamos inventarnos algunas mitologías. Recapitular viejas idolatrías. Las imágenes paganas, las que cantaba Moura.

Mientras esperábamos el nacimiento, construimos una iglesia en un horno de ladrillos que estaba abandonado. Tuvimos que quitar la ceniza y el carbón y quedamos tiznadas, negras, nuestras cabezas ennegrecidas y nuestras pestañas pegadas. Ahí fuimos a rezar; más bien unos cantos de otras vidas que traíamos en la cartera. Fuimos escuchadas: la lluvia vino hasta nuestra patria y regó las raíces más hondas de los árboles del monte. Siquisiquisiqui, se escuchaba el cascabel de la serpiente repartiendo frutos prohibidos a las habitantes del lugar.

Nuestras madres, en el recuerdo, aparecían bañadas de su vejez y sus debilidades, nos astillaba la vista el recuerdo de nuestras madres, nunca pensamos en reavivar ese fuego.

Por las noches, una vez muerto mi esposo, llorado y gritado, comenzó a visitarme el zorro mal nacido que tiene una pija roja y enorme. Cuando la vi por primera vez le grité de rodillas, aplastada por el júbilo:

—¡Es como la pija de Chinaski! ¡Roja y con las venas púrpuras!

Medía como un metro y medio el zorro y hablaba amablemente con una voz bien grave. Carne prohibida, me decía, perra, culo caliente, vieja resentida. Un metro cincuenta tenía el animal y el músculo era firme, tenía fuerza. Si estaba herida, su lengua cicatrizaba mis rajaduras, me cerraba la piel, refrescaba las quemaduras. Me hacía olvidar de mi esposo, sacaba a pasear mi pensamiento por todo el monte y luego lo devolvía a mi cuerpo. Me hacía servir por un zorro del monte que sabía mi idioma, que conocía cómo, hasta dónde y cuánto había que meterse dentro del pantano en que me había convertido. La curva de mi vientre se ponía rosada y olía tan bien como la suya, entonces la música volvía, perra contra zorro, la música era hecha por nosotros. Yo me espantaba de lo que podía decirle, las cosas que podía inventar. Una lengua larga, fina, como una mantarraya rosada, me lamía por dentro de la boca, diente por diente, todo el arco de la encía, el paladar arenoso, la piel de la mejilla, tan parecida al interior del culo donde él metía la mitad de su belleza. Yo resucitaba. El pájaro, durante sus visitas, se ponía todo anaranjado, parecía refulgir como un puñado de ramas en el fuego. Tengo la sospecha de que estaba celoso.

Yo no quería pensar en el amor.

Asistíamos a las que deseaban morir. Las que llegaban a buscar nuestra ayuda decían: «Quiero pan». Y nosotras sabíamos que se trataba del desear morir, un mal que atacaba a las travestis, aunque nunca supimos si también era un bien. Un día las travestis decidían cuándo se terminaba la vida. No querían morir solas, entonces venían a nosotras. Las llevábamos a una casa de piedra que habíamos descubierto en la ladera de la montaña, de vaya a saber qué tiempo. No tenían permiso de entrar los hombres. Solo nosotras y las mujeres que ofrecían su ayuda, médicas, psicólogas, astrólogas, cocineras. Nos quedábamos con la suicida hasta que pedía cinco veces la muerte. Tratábamos de no intervenir en la decisión de las que venían en busca de ayuda, apenas estábamos ahí, una de nosotras iba de paseo con ellas sin perderlas de vista.

A veces las travestis llegábamos en tropel y cocinábamos, hacíamos comilonas pantagruélicas, disponíamos de mesas largas donde comíamos y hablábamos todas a la vez, de todo al mismo tiempo, hablábamos del presente, del pasado, del futuro, nos envidiábamos los maridos, las esposas, nos mostrábamos los resultados mágicos de nuestras cirugías, reíamos, escuchábamos hablar a los árboles y temblar a las piedras. Las enfermas del desear morir acudían impávidas a las cenas; a veces reían y a mí me entraban unas ganas locas de preguntarles a la noche cómo era posible que mujeres que habían sufrido tanto, al punto de querer quitarse la vida, rieran de esa forma, con esas carcajadas que espantaban a los patos y llenaban de cuacuás el cielo.

Venían adolescentes que estaban quebradas por dentro, al abrazarlas crujían, secas y débiles, expulsadas de sus casas, criadas a la intemperie. Venían las viejas, con la convicción de que eran un residuo, la basura del mundo, tatuadas de amargura; venían las medianas, sin haberse adaptado. Ninguna escapaba al virus del suicida.

En un claro bien iluminado, nos reuníamos alrededor de la que había decidido que por fin ahora sí, ahora lo quería.

—¿Qué droga querés? —preguntaba La Machi, que conseguía de los traficantes hasta perfumes de Lanvin y Guerlain.

La que quería morir decía:

—Quiero un ácido.

Se lo poníamos en la boca y hablábamos con ella, le preguntábamos cosas de su infancia, y ella hablaba sin más hasta entrar en gracia. La Machi ponía los ojos blancos y dominaba la escena. Podían pasar horas y horas hasta que el efecto menguaba y la suicida se dormía.

—Por lo que nos han hecho. Por lo que hemos sufrido. Por el pan que nos quitaron. Por el amor negado. Que vaya al cielo de las travestis.

Apartaba a las asistentes y con un puñal de plata con mango de nácar, zas, muy precisa, muy como si hubiera nacido para eso, le abría la garganta en dos y ya estaba.

Las quemábamos cubiertas de hierba y rezábamos: *Naré naré pue quitzé narambí…*

Escribí sobre la tierra, con una rama:

«¿Qué hacen todas esas travestis trepadas a un árbol, como nidos de pájaros cubiertos de lentejuela y cuero sintético? ¿Qué hacen allí como frutos de perfumes baratos, pelo escaso y el maquillaje grueso que relumbra bajo la luna? Parecen panteras. Parecen murciélagos que penden del sueño. Qué hacen allí, en ese árbol de corteza oscura que las sostiene como una mano que lleva entre sus dedos el enredo de las travestis. Se esconden de la policía, eso hacen. Tienen terror de la policía, por eso trepan a los árboles como felinas del fin del mundo».

Voy a buscar huevos todas las semanas al rancho de Sulisén. Huevos fresquitos que ella misma pone en los patios, agarrada de un palenque improvisado que dejara su gran amor para atar los caballos. Revocó las paredes de su casa con las manos, haciendo el barro y emparejando con las palmas. Parecía una de nosotras su casa. Sulisén también fue de las primeras en llegar y una de las primeras en cubrirse enterita de barro. Tenía unas tetas largas y agrietadas, iguales a las mías, como si de los hombros le bajaran cascadas de estrías. La piel se le estiró por la presión de su relleno y escribió aquel sortilegio encima de sus pezones. Aquí se aquerenció con uno de los primeros recién llegados, uno que también nos había tocado más de tres veces. Un chongo peludo y de espaldas de orangután que la levantaba por el aire y la hacía cacarear cuando le hacía el amor.

—Parecía que estaba arrojando una naranja al cielo y, ¡zas!, me ensartaba con ese pingo sin dejarme tocar el suelo —contaba Sulisén a las risotadas.

Del noviazgo no hay mucho que decir, salvo que para muchas siempre fue mejor el exilio.

El novio de Sulisén fue atacado por abejas y no hubo manera de ganarle a la muerte. Se fue hinchado y peleando por cada gota de aire que le entró en los pulmones hasta que ya no respiró. Se quedó viuda y llena de amor para quitarse de encima como pelo viejo. Los sonsos del poblado no se le acercaban, de manera que no podíamos consolarla con culiandangas y orgías montunas, y ella fue menguando y menguando hasta quedar finita como un hilo de voz.

Lo lloró todo un otoño sentada en la puerta de su rancho. A veces nos la cruzábamos en la feria o en la cosecha de mistol y ella lo hacía todo llorando. Pobre Sulisén. Envejeció mucho en aquel entonces. La veíamos pasarse la vida entera llorando a su novio muerto, en la galería de su rancho, las pulgas, las garrapatas trepaban por sus patas. Cada día se compactaba más, podíamos sentir el crujido de sus huesos que se comprimían por la presión de la carne.

—Sulisén, ¿qué te pasa que estás ahí sentada como una gallina empollando? —le preguntábamos al pasar.

Sulisén comenzó a obrar su secreto avícola cuando estaba de novia con el que murió picado por las abejas. Venía de visita a casa y cada dos por tres, en medio del café que tanto costaba conseguir de contrabando, disparaba al patio, al baño seco, y de allá volvía transparente.

—¡Niña! ¡Pero qué tenías en esos intestinos que venís toda sudada!

—Asunto mío y de mis tripas —decía ella y acomodaba su morral otra vez junto a su cuerpo, como algo que no podía perder.

Una tarde de esas en las que el verano se parece más a una tortura que a una estación, me hizo lo mismo de siempre. En medio del café, se levantó cortándome el chisme por la mitad y disparó al fondo como si estuviera cagándose encima por culpa de mi café. La seguí sin pisar el suelo, que es muy delator, y la espié tras las ramas sin nada de culpa. No dirigía el culo al hueco en la tierra que servía de letrina. Estaba a la orillita, acuclillada bien al ras del suelo, y la transpiración le brillaba como un espejo sobre la piel vieja. Respiró hondo e hizo fuerza hasta que un huevo de gallina cayó a la tierra y ella lo envolvió cuidadosamente en papeles de revistas que traía en su morral. Le salí al paso porque, entre hacerle saber que lo sabía y haberla espiado, las dos cosas me parecían igual de terribles.

—¿Por qué no me lo has contado?

Ella, detenida en el manoseo de su secreto, como esos niños a los que sus madres obligan a orinar en la calle, me respondió con un tino de arquera:

—¿Qué te hace pensar que tenemos que saberlo todo la una de la otra? Yo tengo derecho a tener un secreto.

—Pero estás poniendo huevos, amiga.

—Así cagara pepitas de oro. Mi secreto es mío.

Pronto la casa se le llenó de gallinas y gallos y no le alcanzaban las manos para defenderlos, no solo de los zorros, sino también de las cuatreras. Porque no por travestis estábamos exentas de la delincuencia. Nos encontramos descubriendo las mil maneras de cocinar un pollo, recuperando las proteínas perdidas en el exilio por la falta de costumbre a la carne del cuis. Nunca un merengue quedó más rico y firme que con las claras de los huevos de Sulisén. Nunca un pollo fue más parecido a nosotras que los pollos de Sulisén. Y ella, que les ponía nombres a todos los que podía, sabía que no era ningún crimen comerse a sus hijos, porque era madre al final de todo. Pechito Dadá, Crestita, Pico Sucio, Culona Uno y Culona Dos, la Mulatona, Pisador Castaña, Macho Dudoso, Espuelón Frambuesa, Mariquita Pluma Roja, Cocó Chanel, Pollito Ortega, Pollito Suárez, Más Pina que la Galluta, Pipí y Piopió. La prole se multiplicaba y alcanzaba para todas.

Como quien se sienta en cuclillas a rumiar la vida entera, ella espera poner un huevo y otro y otro. Luego los lava. Luego los intercambia, a veces por trabajo, que alguna le barra el patio o le lave los pocos trapos con que se cubre, negocie con los traficantes o repare las trenzas de su techo.

Sulisén me recibe en la puerta del rancho batiendo un merengue. Ay, qué gusto verla tan enérgica; el vello del antebrazo es negro, una pulga salta de entre los pelos como acusándola de su mugre.

—Qué hace Sulisén, el fresco sea contigo.

—Nada, aquí hago postre para ofrecer por la noche.

Por la noche esperamos que alumbre la hija de Lilith. Ya hay algunas antiguas acompañando las primeras contracciones. En el poblado sobran médicas. Hay travestis médicas que hacen lo que pueden con los medicamentos que reciben de contrabando.

—¿Venís por lo de siempre? —me pregunta con la respuesta sabida; entonces me da su cuenco de barro y la batidora herrumbrada y me dice que no abandone, que llegue a punto nieve, y se mete al rancho. La persigue un cuzquito negro como un cuervo; *salí de acá*, le dice y lo corre con una de sus patas. Qué hermosa es, tiene patas de gallina. Al volver, trae una docena de huevos; *están limpitos*, dice, me los entrega y recibe el cuenco con el merengue a punto, las claras batidas a nieve, y me dice *no es nada esta vez*. Para probar el punto pone el cuenco boca abajo y las claras no se caen.

—¿La has visto a la hija de Lilith?

—Van trece meses de embarazo —le digo—, tiene las tetas llenas de leche. No creo que sea esta noche, pero va a ser importante. Estate atenta, Sulisén, esto se pone cada vez mejor.

—Dice La Machi que será esta noche y yo le creo todo —me dice y me entrega los huevos en una bolsita—. Que te aprovechen, ahora que no comés más animales.

Y es cierto, me hice vegetariana desde que a mi hijo se lo comió el zorro.

Aquí también hicimos costumbres. Aquí también tuvimos un nido. Aquí mi hijo jugó en los patios y se dio besos con otros niños para aprender el amor. Nos defendimos no solo de las bestias, también de las demás. De otras travestis que me acusaron de orientarlas mal por seguir a mi esposo. Revueltas sobre el guadal, agarradas de los pelos, defendimos lo que otras quisieron robarnos o contestamos a los insultos.

Y cuando ya estaba acostumbrada a esta música y a estos rituales, una noche me quedé sola para siempre.

El niño estaba dormido bajo el claro de luna, cubierto por los tules de mi falda para que no lo picaran los mosquitos. Fue culpa mía distraernos de la vigilancia. Yo busqué a mi esposo, que estaba igual de viejo que yo, porque esa noche y bajo esa luna me pareció el hombre más hermoso puesto para mí sobre la tierra, que era un terrón sin vida en aquel exilio nuestro. Estaba hermoso bajo los kilos de años que le chorreaban encima, sentado de cara a la noche roja, fumando su pipa. Fue mi culpa porque quise recordar cómo era tenerlo dentro, cómo se sentía él, centímetro por centímetro, la forma curva de su pito, la carne casi amarilla, las venas verdosas por debajo de esa piel tan transparente que se le podía ver el carácter. Me unté con saliva, me separé las nalgas y me lo comí todo como si tuviera dientes, poco a poco, para sentirlo con gusto y con ansia, para que me diera ansia también, y él me había dicho que le gustaba mucho todavía, y en ese momento escuchamos el grito del hijo que fue secuestrado por el zorro.

Mi esposo lo corrió toda la noche, yo iba tras él, ambos gritábamos pero nadie acudió en nuestra ayuda. Fue por un momento el viejo mundo traído directamente al monte. Un ramalazo de crueldad que saltó la frontera de espinas. Toda la vegetación parecía darle con el filo de las garras, lo cortaba, lo desangraba, a su paso salían escorpiones y ciempiés y las bestias gruñían en lenguas que ya no se hablan. Corrió y saltó arroyos y llegó hasta el muro de espinas que nos protegía de los cazadores. El zorro se metió entre las matas con mi hijo entre los dientes y desapareció de su vista. Mi esposo, todo arañado y desnudo. Por detrás llegué yo y como una cobarde incapaz de mover un dedo le grité:

—¡Alcanzalo!

Eso lo sacó de su agitación, de su falta de aire, y lo hizo correr a las espinas sin sospechar que había puñales incrustados en las ramas. Corrió y, en la ceguera del muro, resbaló sobre el musgo y se abrió la cabeza con el filo de una piedra.

Tiempo después, mi zorro amante, el que alivia la amargura de haber perdido a un hijo, me lleva hasta su cueva. En un rincón veo la ropa de mi hijo ensangrentada. Yo también soy perra, reconozco el olor de su sangre.

Para escribir esto hice la limpieza de mi casa. Me llevó días y días dejarla limpia, con el piso de tierra húmedo y liso. Lavé hasta los rincones que no existen. Aquí estoy armando altares para mi hijo.

Salgo alegre camino a los hornos. Los dientes de león están a punto, la cola de quirquincho morada y obscena y el pasto verde. Voy cruzándome con otras travestis que arrastran como pueden el peso de su pelo, que va dejando un rastro como de serpiente. Dicen que así se asustan los animales y no van por nosotras. Somos las mismas que casi siempre asistimos a alguna suicida. Los hornos parecen nuestras panzas puestas al sol, negras y secas. Se la ve bien a la parturienta. Perdimos la cuenta de los días que lleva preñada. Tiene el vientre macizo y enorme, como si fuera a nacer un crío de cinco o seis años y no un bebé. El padre sin cabeza está entre nosotras. Decían que eran serenos y parece ser cierto, nada altera sus modales de decapitado. La abuela está un poco más calmada, resignada a que su hija se haya embarazado. Lilith reposa junto a la niña y la calma a caricia pura.

—Tenete paciencia. Andá despacito. Acá estamos todas.

Llega Sulisén con los merenguitos y los reparte como hostias.

Una médica, una mujer novia de una de nosotras, controla el pulso, la temperatura, las contracciones. La Machi está a un costado y fuma su cigarro mientras murmura el mantra:

—*Naré naré pue quitzé narambí. Naré naré pue quitzé narambí...*

El hombre sin cabeza, que se llama Rosacruz y es padre del domingo siete, se mantiene con esa discreción protocolar a un lado, por fuera del círculo y el trajín de las travestis parteras. Le acerco un poco de whisky que conseguimos de contrabando y me lo agradece con una reverencia.

—Va a salir todo bien —le digo, pero es como si las palabras se me fueran para adentro y me ahogo. Los ojos se me llenan de lágrimas. Rosacruz me da golpecitos en la espalda.

—San Blas, San Blas…

La Machi continúa con su mantra. Esto es como Chernóbil, es la primera vez que sucede en la tierra. Estamos ante un acontecimiento, una travesti dando a luz. El día sigue andando y las sombras se acuestan de repente bajo nosotras. La hija de Lilith se pone de pie ayudada por su madre y se va fuera del horno, bajo un árbol. Soy idiota para escribir, pero querría que vieran la luz rosada, roja sobre el borde del muro, lo callado que está el aire, la niña que va hasta un molle y se echa. Por detrás la sigue Rosacruz, su novio sin cabeza, cuidando de no romper la hierba de tan educado que es. Todas nos asomamos a ver.

La niña se aferra de la camisa de Rosacruz y gruñe y se queja como si le hubieran pisado las patas. La Machi comienza a cantar y se le ponen los ojos en blanco, y cruza una liebre completamente borracha frente a nosotras y grita eso de «Noooche de roooonda qué triste paaasas qué trissste cruzaaas por mi baaalcóóón».

Una contracción en la tarde. Recuerdo a mi hijo, a mi esposo, el llanto se parece más bien a un vómito, escupo las lágrimas hacia fuera. Los extraño, extraño mi casa en la ciudad, extraño mi cama y mi baño. No me es ajeno todo lo que viví no hace tanto tiempo con ellos. Extraño a mis padres, extraño a mis amigos, los que no me encontré aquí. Extraño los días en la playa, el mar, las librerías donde podía pasarme tardes enteras discutiendo sobre narradoras.

La hija de Lilith está sufriendo. Pero no podemos hacer nada. Vemos danzar al instinto, levantando polvareda alrededor de la parturienta. La Machi detiene a la médica, que acude para ayudar.

—Que nadie se mueva. Lo tiene que hacer sola.

—Pero alguien que la ayude —pide Lilith.

—Está con el padre. Tienen que saber. No son idiotas.

Rosacruz se gira y nos dice:

—Ya nació.

Y nos muestra el primer cachorrito que llora como lloran los cachorros. Y pronto la niña da a luz a otro cachorrito y luego a otro y a otro hasta que las manos se llenan de seis cachorros de perro cubiertos de mierda y una baba pegajosa como el interior de una penca.

Lilith quiere acercarse pero la hija la detiene con un gesto.

—No es momento —dice La Machi, que interrumpe el mantra y alarga una mano—. Dónde está ese whisky, que tengo sed. Déjenlos solos.

Me quedo a un lado. Sulisén me llama desde adentro, me hace señas para que tome un vino con ella.

Voy a beber con las demás. Por la puerta tenemos la perspectiva de un gran hito en nuestra religión. La adolescente que lame a sus cachorros y acerca sus hocicos a los seis pezones que le nacieron en el vientre y se llenaron de leche, para que se alimenten.

Índice